ÉTONNANTS • CLASSIQUES

W0374396

ANOUILH

La Grotte

Présentation, notes et dossier par
BENJAMIN GIRAULT,
professeur de lettres

Flammarion

D'Anouilh,
dans la collection « Étonnants Classiques »

La Grotte
Médée

© La Table ronde, pour le texte d'Anouilh.
© Éditions Flammarion, 2008, pour l'appareil critique de la présente édition.
Édition revue, 2016.
ISBN : 978-2-0813-7947-3
ISSN : 1269-8822

SOMMAIRE

© Studio Lipnitzki/Roger-Viollet

■ Jean Anouilh (à droite), en compagnie de Roland Piétri (à gauche) et de Pierre Brasseur lors d'une représentation de *La Grotte* au théâtre Montparnasse-Gaston Baty à Paris en 1961.

PRÉSENTATION

> Ce qu'on va jouer ce soir, c'est une pièce que
> je n'ai pas pu écrire. [...]
> On va essayer de la jouer quand même.
> (L'Auteur, dans *La Grotte*, acte I.)

D'emblée le ton est donné. L'Auteur s'adresse sur scène à ses spectateurs et s'excuse auprès d'eux : il n'a pas réussi à composer sa pièce ; elle s'écrira donc devant eux et avec eux, en même temps que la représentation. L'intrigue est néanmoins trouvée : dans une demeure bourgeoise parisienne du faubourg Saint-Germain, la cuisinière de la maison, Marie-Jeanne, a été assassinée dans les sous-sols de la bâtisse, communément appelés « la grotte ». Un commissaire mène l'enquête et le début de la pièce s'apparente à celui d'une comédie policière. Mais l'auteur est indécis, il change l'ordre des scènes, en fait jouer d'autres et refuse de représenter les horreurs qui ont pu se produire dans la « grotte ». Bientôt les personnages se révoltent : ils veulent tout dire et tout montrer, sinon ils préfèrent rentrer dans leur « néant », redevenir des idées abstraites. Impuissant, semblable aux spectateurs eux-mêmes, l'Auteur assiste alors à la représentation du destin infâme de ses personnages.

Anouilh nous livre dans *La Grotte* plus qu'une pièce de théâtre : une réflexion sur la création théâtrale, sur la réception d'une œuvre dramatique, sur le devenir scénique d'une pièce et sur les enjeux du théâtre. Dès lors qu'elle est représentée, une pièce échappe-t-elle nécessairement à son auteur ? Le théâtre doit-il simplement distraire le spectateur et, dans cette perspective, lui offrir une vision convenue du monde ou peut-il représenter la réalité dans ses aspects les plus cruels et les plus immondes ? – tels sont les questionnements qui traversent *La Grotte*.

La pièce d'Anouilh fut représentée pour la première fois à Paris le 4 octobre 1961 au théâtre Montparnasse-Gaston Baty, dans une mise en scène de l'auteur et de Roland Piétri. La création essuya un échec : la scénographie, trop lourde, « écrasait » le texte. Dans les années 1990, des metteurs en scène s'intéressèrent à nouveau à la pièce. En 1997, elle fut jouée, avec succès, au théâtre du Lucernaire, dans une mise en scène d'Yvan Garouel [1].

Paradoxale, *La Grotte*, qui bafoue l'illusion théâtrale et met à mal toutes les conventions du genre, provoque les spectateurs et défie la scène mais a besoin d'eux pour prendre toute sa consistance.

Anouilh, ou l'appel de la scène

Quelque peu misanthrope, Jean Anouilh est toujours resté très discret sur sa vie privée. Né le 23 juin 1910 à Bordeaux d'un père tailleur et d'une mère musicienne, il a très tôt été plongé dans un univers artistique, découvrant, dans les coulisses des théâtres de province où sa mère se produisait, les auteurs classiques – Molière, Marivaux, Musset.

C'est à Paris qu'il effectue sa scolarité. Il entame des études de droit avant de travailler, de 1829 à 1831, dans la publicité, au sein d'une société qui emploie aussi le poète Jacques Prévert. Mais, dès 1928, Anouilh sait qu'il veut consacrer sa vie au théâtre.

1. Voir dossier, p. 190.

Spectateur assidu de la Comédie des Champs-Élysées, à l'époque dirigée par Louis Jouvet, il assiste ébloui à la représentation du *Siegfried* de Giraudoux : c'est une révélation.

> C'est le soir de *Siegfried* que j'ai compris. Je devais entrer par la suite dans une longue nuit, dont je ne suis pas encore sorti, dont je ne sortirai peut-être jamais, mais c'est à cause de ces soirs du printemps 1928, où je pleurais, seul spectateur, même aux mots drôles, que j'ai pu m'évader un peu.

En 1930, Anouilh devient secrétaire général du théâtre de Louis Jouvet, mais les relations entre les deux hommes sont conflictuelles et ils se séparent bientôt.

En 1932 est représentée pour la première fois une pièce d'Anouilh, *Hermine*, qui connaît un succès d'estime. Écrivain prolixe, notre auteur composera une cinquantaine de pièces en cinquante ans, alternant réussites et échecs mais parvenant toujours à vivre de sa plume. Son plus gros succès demeure *Antigone* : grand classique du théâtre français, la pièce est l'une des plus étudiées par le public scolaire. Créée en 1944, elle offre une réécriture de l'histoire d'Antigone, personnage de la mythologie grecque qui place ses valeurs morales au-dessus des lois et des interdits de la Cité[1]. Anouilh n'a pas cessé d'écrire pendant les Années noires, y compris dans des journaux collaborationnistes – des textes non politiques –, ce qui lui a été reproché par la suite, même s'il n'a pas soutenu l'occupant allemand (il n'a pas non plus pris parti pour le combat des résistants). Il s'éteint en 1987, six ans après la composition du *Nombril*, son dernier texte.

Le dramaturge a établi un classement dans lequel il a regroupé la plupart de ses œuvres :

– Pièces noires : *L'Hermine*, *Le Voyageur sans bagage* (1937), *La Sauvage* (1938), *Eurydice* (1941).

– Nouvelles pièces noires : *Jézabel* (1932), *Antigone*, *Roméo et Jeannette* (1946), *Médée* (1946).

---

1. Voir aussi dossier, p. 185-187.

– Pièces grinçantes : *Ardèle ou la Marguerite* (1948), *La Valse des toréadors* (1952), *Ornifle ou le Courant d'air* (1955), *Pauvre Bitos ou le Dîner de têtes* (1956).

– Nouvelles pièces grinçantes : *L'Hurluberlu ou le Réactionnaire amoureux* (1959), *La Grotte, L'Orchestre* (1962), *Le Boulanger, la Boulangère et le Petit Mitron* (1968), *Les Poissons rouges ou Mon père ce héros* (1970).

– Pièces brillantes : *L'Invitation au château* (1947), *La Répétition ou l'Amour puni* (1950), *Colombe* (1951), *Cécile ou l'École des pères* (1954).

– Pièces roses : *Humulus le muet* (1929), *Le Bal des voleurs* (1938), *Léocadia* (1940), *Le Rendez-vous de Senlis* (1941).

– Pièces costumées : *L'Alouette* (1952), *Becket ou l'Honneur de Dieu* (1959), *La Foire d'empoigne* (1962), *Léonora* (1977).

– Pièces baroques : *Cher Antoine* (1969), *Ne réveillez pas Madame...* (1970), *Le Directeur de l'Opéra* (1972).

– Pièces secrètes : *Tu étais si gentil quand tu étais petit* (1972), *L'Arrestation* (1975), *Le Scénario* (1976).

– Pièces farceuses : *Épisode de la vie d'un auteur* (1948), *Chers Zoiseaux* (1976), *La Culotte* (1978), *Le Nombril* (1981).

Ce classement est significatif ; le choix des adjectifs dévoile les grands mouvements qui traversent le théâtre d'Anouilh : le pessimisme (« noires », « grinçantes »), la thématique du travestissement, des apparences trompeuses (« costumées », « secrètes », « farceuses », « baroques »), la dichotomie du monde, partagé entre bien et mal, éclat et ténèbres, et dans lequel la mort l'emporte souvent (opposition entre « roses », « brillantes » et « noires »). Dans ce théâtre, la condition humaine apparaît dans toute sa misère.

Si l'on s'en tient à *La Grotte*, son insertion parmi les pièces grinçantes suggère à la fois que l'œuvre relève du genre comique et que l'ordre de la comédie y est perverti. De fait, l'ensemble de la pièce repose sur une esthétique de l'*antithèse*[1], qui non seulement mobilise les registres tragique et comique, mais aussi organise l'espace selon des polarités opposées (« haut » et « bas »), au service d'une réflexion sur le déterminisme social et la liberté de l'individu.

La Grotte, ou l'esthétique de l'antithèse

Comédie et tragédie

Dès le début de la pièce, le texte exhibe le mélange des registres. « Celui-là, c'est une vieille connaissance. Un de ces personnages aux effets faciles », indique l'Auteur au sujet du Commissaire (p. 46). Grandiloquent, affublé de tics de langage et plus attentif aux charmes de la belle Hugueline que préoccupé par l'enquête en cours, ce protagoniste représente l'ordre de la comédie, le théâtre de boulevard. Il n'est pas sans rappeler les personnages de Jean Giraudoux, comme le Président dans *Électre* (1937), qui assure l'alternance entre de purs instants de comédie et des moments éminemment tragiques. En guise de scène d'exposition, *La Grotte* propose donc une scène de comédie policière : le Commissaire procède à un interrogatoire drolatique du Comte qui ne peut dissimuler un rire moqueur et condescendant : il « *sourit* » (p. 52), puis « *éclate gentiment de rire et tape sur l'épaule du Commissaire* » (p. 58). Mais l'Auteur n'est pas convaincu par cette ouverture ; il hésite et préfère jouer l'« autre début », « plus réaliste et plus poétique à la fois » (p. 63), plus tragique aussi, qui annonce l'avortement, le viol et le meurtre. Comme le signale l'Auteur, *La*

1. ***Antithèse*** : figure de style qui exprime une opposition de pensées ou de mots.

Grotte est une « pièce où on ne rit pas tout le temps » (p. 42), sans doute parce qu'Anouilh entend montrer la réalité dans ce qu'elle a de plus cru, de plus abject et de plus inégalitaire.

Le haut et le bas

Le décor de la pièce est divisé en deux espaces bien distincts, reflets de la hiérarchie sociale. La « grotte » désigne le bas de la maison, le sous-sol : « *En bas la cuisine, antre obscur, avec un soupirail donnant sur la rue d'où l'on ne voit que les pieds des passants* » (p. 41). Cette partie souterraine et invisible de la demeure est destinée au personnel. En contrepoint, composé de « *salons clairs et lumineux* » (p. 41), l'étage est réservé aux maîtres. Dans cette perspective, le titre de l'œuvre n'évoque pas seulement le lieu du drame – le meurtre de Marie-Jeanne ; il suggère aussi l'ordre qui régit la société. Maître et valet, pour reprendre une association bien connue, ont chacun un espace dans lequel ils évoluent.

Si le terme « grotte » s'inscrit, par définition (« caverne naturelle ou faite de main d'homme », *Dictionnaire Littré*), dans un système d'oppositions (creux/saillant ; caché/remarquable) révélateur de l'organisation de la société, l'espace qu'il mentionne contient en lui-même une dimension antithétique : gouffre infâme et sombre, la grotte devient progressivement dans la pièce source de lumière. Par synonymie, le vocable « grotte » renvoie à l'allégorie de la caverne développée par Platon dans *La République*. De même que, dans la représentation symbolique du philosophe antique, la caverne est une voie d'accès à la vérité[1], la grotte est éclairante dans la pièce d'Anouilh :

– l'identité du meurtrier de Marie-Jeanne y éclate au grand jour ;

---

1. La caverne est un artifice qu'utilise Platon pour nous faire accéder à la vérité selon laquelle il y a défaut par nature de ce qui est perçu par rapport à la réalité du monde, à son essence. Voir dossier, p. 176.

– la relation amoureuse qui unit autrefois le Comte et Marie-Jeanne, y est dévoilée, ainsi que le fruit de leur liaison : le Séminariste ;

– le viol d'Adèle y est révélé ;

– le jeune garçon Alexis semble y découvrir une vérité primordiale : sa condition sociale n'est pas une fatalité ;

– enfin, la grotte contient une vérité d'ordre théâtrale : la représentation peut donner à voir la réalité, même dans ses pires immondices (le viol, le meurtre, la prostitution).

Déterminisme social et affirmation de la liberté

La répartition spatiale, qui matérialise les inégalités, traduit aussi l'enfermement des individus dans une condition, leur déterminisme social.

Par déterminisme social, on entend l'ensemble des « contraintes » exercées sur l'individu par son environnement et qui détermine ses actions. Dans la pièce d'Anouilh, la grotte apparaît comme un espace fermé, un lieu dont on ne peut sortir si on y est né. Marie-Jeanne en fait l'expérience : après avoir refusé dans sa jeunesse de quitter sa condition et de vivre son amour pour le Comte, elle meurt dans la cuisine en compagnie de l'Auteur, attendant en vain la venue de son ancien amant (p. 173). Adèle, elle, reproduit le destin de sa patronne : elle est condamnée à renoncer à sa passion pour le Séminariste parce qu'il représente un ordre différent du sien. Mais des personnages tentent de perturber l'ordre établi et de faire entendre leur volonté individuelle. Le Comte a voulu abandonner l'étage pour vivre au côté de Marie-Jeanne ; la Comtesse propose à Adèle de devenir la marraine de son enfant (p. 156) ; et, à la fin de la pièce, le petit Alexis affirme son désir de s'établir « patron », d'être « un homme » (« un homme c'est fort, c'est libre, ça fait ce que ça veut. C'est un roi, un homme, si ça veut », p. 172). De ce point de vue, le jeune garçon apparaît, ainsi que l'indique l'Auteur, comme le « pardon de la Grotte » (p. 78).

Montrer et ne pas montrer

Au-delà des oppositions qui distinguent les personnages, il en est une d'ordre dramaturgique, sur laquelle repose la pièce d'Anouilh : celle qui consiste à montrer et ne pas montrer. Le début de *La Grotte* associe les deux principes. « Ce qu'on va jouer ce soir, c'est une pièce que je n'ai jamais pu écrire », déclare l'Auteur (p. 42), autrement dit, ce qui va être représenté aux spectateurs, c'est ce que lui-même s'est refusé à écrire, à donner à voir. Dès lors, les comédiens vont jouer sur scène ce que l'Auteur souhaiterait dissimuler au public : « Arrêtez ! Arrêtez ! Arrêtez ! C'est impossible. [...] C'est une histoire qui n'aurait jamais dû exister, voilà tout », s'indigne-t-il (p. 160).

Le théâtre dans le théâtre et l'influence du pirandellisme

En représentant une pièce de théâtre en train de se jouer, Anouilh reprend un procédé dramaturgique bien connu – le théâtre dans le théâtre –, exploité notamment au XVIIe siècle dans les œuvres baroques, où il vise à souligner le caractère trompeur de la réalité. Le public assiste dès lors à une pièce à laquelle des personnages assistent eux-mêmes. Shakespeare a utilisé cette mise en abyme[1] dans plusieurs de ses œuvres. Dans *Hamlet* (v. 1600), le personnage éponyme fait jouer devant la reine, sa mère, et le

1. ***Mise en abyme*** : l'expression désigne ici le procédé du théâtre dans le théâtre.

roi, son beau-père, la scène du crime commis contre son père par son beau-père. Dans *Le Songe d'une nuit d'été* (1595), une troupe d'artisans répète la tragédie de *Pyrame et Thisbée*, qu'elle donnera le soir des noces de Thésée, duc d'Athènes. Corneille recourt au même procédé dans *L'Illusion comique* (1636). Dans sa pièce, Pridamant, dont le fils Clindor a fui la maison familiale, consulte le magicien Alcandre pour connaître le sort de sa progéniture. À l'acte V, il comprend que toutes les péripéties tragiques qu'il a entrevues grâce au magicien ne sont que les rebondissements d'une pièce de théâtre que joue Clindor devenu comédien. Enfin, Anouilh lui-même, dans sa pièce *Antigone*, use de l'artifice du théâtre dans le théâtre. Mais dans *La Grotte*, c'est au dramaturge italien Pirandello et à sa pièce *Six Personnages en quête d'auteur* (1921) qu'il emprunte le plus. Il souligne lui-même cette référence et rend hommage à son prédécesseur au début de sa pièce : « J'entends un critique qui dit à l'oreille de son voisin qu'il a déjà vu ça dans Pirandello » (p. 43).

Dans *Six Personnages en quête d'auteur*, Pirandello complexifie la théorie du théâtre dans le théâtre en y ajoutant une réflexion sur la création théâtrale. « On ne donne pas impunément la vie à un personnage », indique-t-il dans la préface de sa pièce, révélant par là même l'objet de son texte. Alors qu'une troupe de comédiens et son directeur s'interrogent sur la meilleure manière d'interpréter la pièce « incompréhensible » de Pirandello qu'ils répètent (l'auteur aime à se tourner en dérision), six personnages entrent sur scène, tous membres d'une même famille, nés de l'imagination d'un auteur qui a refusé de leur donner une existence artistique. Ils recherchent un auteur qui serait prêt à écrire l'horrible drame qu'ils portent en eux. Le chef de troupe accepte d'être celui-là, pensant faire jouer la pièce par ses acteurs. Les personnages se représentent devant les comédiens, dans une pièce divisée en deux temps : tout d'abord, un père de famille, après avoir incité sa femme à le quitter pour un autre homme, se retrouve des années plus tard le client d'une prostituée qui n'est autre que sa belle-fille ; ensuite, une fillette, sœur de la belle-fille prostituée, se noie sous le regard de son frère qui se suicide sous les yeux de son beau-frère, le fils « légitime » assistant impuissant à la scène. Au fil de la pièce, les personnages comprennent qu'ils ne peuvent être représentés, sans être désincarnés, par les comédiens qui ne seront que de pâles copies. Dès lors apparaît ce qui semble être le véritable sujet d'une pièce à l'intrigue éclatée : la réflexion sur les limites de la représentation [1].

Comme Pirandello dans *Six Personnages en quête d'auteur*, Anouilh donne à voir dans *La Grotte* un double drame : à la fois domestique et poétique. Les deux dramaturges développent les aspects les plus sombres de la condition humaine. Tous deux offrent une pièce en cours de construction et placent au centre de leur œuvre une réflexion sur la représentation. Dans les deux cas, le procédé de mise en abyme ne vise plus seulement à exposer sur scène le « théâtre du monde », comme dans la perspective baroque, mais aussi à exhiber la machine théâtrale, contre toutes les règles de vraisemblance. « *Rien n'a l'air vrai ni dans l'un ni dans l'autre décor* », indique la didascalie initiale de *La Grotte* au sujet du sous-sol et de l'étage de la demeure bourgeoise présentée sur scène (p. 41). Par ailleurs, à l'intention des spectateurs, l'Auteur analyse les procédés dramatiques après leur exécution par les comédiens (« c'était une scène d'exposition où l'on avait appris beaucoup de choses », affirme-t-il au sujet de la scène entre le Commissaire et le Comte, p. 60), commente le décor et la psychologie de ses personnages et souligne les étapes importantes de son texte. Il ne cesse de s'interroger sur les scènes qu'il faut impérativement jouer – comme la scène d'amour entre le Séminariste et Adèle –, ou ne pas représenter – comme le viol de

1. Voir l'édition de Nadia Ettayeb, *Six Personnages en quête d'auteur*, GF-Flammarion, coll. « Étonnants Classiques », 2004.

la jeune fille. Pour autant, dans la pièce d'Anouilh, comme dans celle de Pirandello, le principe d'illusion théâtrale, qui a pour but de faire oublier au spectateur, le temps du jeu, qu'il assiste à une représentation, n'est pas anéanti. Il est déplacé : en effet, le spectateur en vient à croire qu'il assiste « en direct » à l'élaboration de la pièce. Yvan Garouel, qui jouait le rôle de l'Auteur dans sa propre mise en scène de *La Grotte* raconte comment il a réussi à faire naître cette illusion : « La fiction de la pièce [est] deven[ue] la réalité des spectateurs [1]. » Mais le génie de Pirandello et d'Anouilh consiste encore à brouiller les processus de distanciation qui permettaient au spectateur de séparer comédiens (ou personnes) et personnages.

Chez Pirandello, les personnes (les acteurs) jouent des personnages, mais les personnages sont de véritables personnes qui pensent ne pouvoir être représentées de manière satisfaisante par les acteurs (les personnes). Chez Anouilh, le processus est plus complexe. Les personnes, c'est-à-dire ceux que l'on considérait comme des acteurs au début de la pièce, semblent peu à peu se confondre avec leur personnage, et souhaitent en assumer pleinement la biographie, allant jusqu'à préférer la mort à une existence tronquée : « C'est une histoire atroce, Monsieur, inhumaine, mais maintenant qu'elle est commencée, maintenant qu'elle est à demi vraie, si nous ne devons pas la jouer honnêtement, mes camarades et moi, nous avons le sentiment qu'il vaut mieux que nous rentrions dans notre néant », indique le Séminariste à l'Auteur (p. 141-142).

Toutefois, si le dramaturge italien pose le problème de la représentation en terme de *mimésis* – il souligne l'incapacité de représenter sans trahir –, Anouilh le pose en terme de bienséance et s'interroge sur la nécessité ou la possibilité de représenter l'imaginaire, parfois morbide, de l'Auteur. « Ce n'est pas exactement

---

1. Voir dossier, p. 192.

la même chose » (p. 43), indique l'Auteur dans *La Grotte*, comparant son œuvre à celle de Pirandello. Cependant, dans les deux cas, la pièce semble échapper à l'auteur. Dans *Six Personnages en quête d'auteur*, il a tout simplement démissionné ; dans *La Grotte*, il paraît dépossédé d'une pièce qui est écrite devant lui, par les acteurs.

Du plateau au texte

Le sujet de *La Grotte* semble précurseur d'une démarche théâtrale qui se développe aujourd'hui et qui consiste à considérer le processus de la représentation, non du texte au plateau, mais du plateau au texte. Le texte devient alors un des éléments de la représentation, au même titre que les décors, la lumière, le corps des acteurs ou la musique. On peut citer comme exemple Joël Pommerat, auteur et metteur en scène contemporain qui conçoit et écrit ses spectacles sur le plateau en affirmant que ses acteurs font partie du poème : « les acteurs avec qui je travaille, ne sont pas extérieurs au texte et à la mise en scène, ils sont la "matière" même du poème, ils ne disent pas la poésie, ils "sont" le poème même. Il est évident que l'art du théâtre doit déborder du champ de la littérature. La littérature a comme support la page, le théâtre, la scène. Les comédiens ne doivent pas être seulement des porteurs de texte, juste des porteurs de mots, des amplificateurs du verbe, des récitants inspirés ; ils doivent être eux-mêmes le plus possible inclus dans le poème théâtral, et pourquoi pas devenir le poème lui-même[1] ». Cette forme de création participe d'un mouvement qui, dès les années 1970, c'est-à-dire peu de temps après la création de *La Grotte*, remettait en cause l'autorité de l'auteur.

1. Joël Pommerat, présentation de sa pièce *Les Marchands* (2006).

Roland Barthes, dans un article célèbre de 1968, déclarait la « mort de l'auteur », s'appliquant à dissocier le sens d'une œuvre de l'intention de son auteur et à rendre la première indépendante de la seconde. Dans cette perspective, un texte recèle des interprétations plurielles. Au théâtre, la « disparition de l'auteur » se trouve renforcée par la réappropriation de l'œuvre par le metteur en scène – dont la création peut être considérée comme l'expression de sa vision du monde passée au filtre de la pièce – qui s'ajoute à la réception de l'œuvre par le lecteur/spectateur. Amener un texte sur scène, c'est s'éloigner de celui-ci, prendre quelques libertés, supprimer des passages, modifier le cadre, le transposer dans une autre époque, en définitive renoncer aux didascalies imposées par l'auteur.

Dans *La Grotte*, l'Auteur n'a pas écrit la pièce par peur de la réaction du public. Elle se fera en fonction des réactions de ce dernier : « c'est le public qui fait la pièce », dit-il. Pourtant, pas question de théâtre-forum[1] ici. On fait mine d'effacer le « quatrième mur[2] » qui sépare la scène et la salle mais, au bout du compte, le spectateur conserve sa position. Il n'a pas son mot à dire ; il est un simple récepteur. Et si elle semble échapper à son auteur dans la rédaction même de l'histoire (« Pourquoi un séminariste ?, s'interroge l'Auteur devant les spectateurs, [...] Moi-même tous les matins, je me le répétais en prenant mes papiers. "Pourquoi un séminariste ? Tu vas indisposer tout le monde pour rien. Fais-en un télégraphiste, un unijambiste, n'importe quoi, mais pas un séminariste [...]." Eh bien non ! C'est un séminariste. Il va falloir que vous le subissiez comme je l'ai subi », p. 45-46), la pièce correspond à la vision du monde qui émane de son esprit. Le Séminariste lui confie d'ailleurs : « Il ne fallait pas caresser dans votre esprit,

1. ***Théâtre-forum*** : forme de représentation qui accorde une part importante au public qui devient un des actants du spectacle.
2. ***Quatrième mur*** : mur imaginaire qui sépare la scène de la salle et qui assure le fonctionnement de l'illusion théâtrale.

entre les différents possibles, cette minute affreuse qui me reste à vivre... Pour vous, ce n'était qu'un caprice de votre imagination, vous étiez en train de faire votre métier, vous cherchiez à construire une pièce. Vous n'auriez peut-être pas dû, mais vous l'avez fait » (p. 142). Et, preuve qu'il accepte finalement le sujet de sa pièce, l'Auteur devient l'un de ses personnages : il usurpe l'identité du Comte pour accompagner Marie-Jeanne dans la mort. Mais, ironie du sort, alors qu'il semble se moquer du spectateur et de la réception que ce dernier peut faire de sa pièce, Anouilh, après l'échec de la première représentation de *La Grotte*, décidera de s'adonner essentiellement à la mise en scène.

Structure complexe d'une « pièce à faire »

La Grotte repose sur une structure complexe, liée à la mise en abyme théâtrale, qui suppose plusieurs niveaux de compréhension (l'Auteur et la troupe jouant une pièce/le drame des personnages), mais pas uniquement. L'œuvre est traversée par deux mouvements qui empêchent une lecture linéaire : d'une part, la comédie policière, entièrement articulée autour du personnage du Commissaire, avatar de la comédie, qui souhaite que la pièce prenne cette orientation (le spectateur assiste alors à l'après-meurtre de la cuisinière) ; d'autre part, la tragédie humaine ou le destin funeste des personnages que ces derniers veulent assumer pleinement par la représentation (le spectateur assiste alors à l'avant-meurtre). En outre, le déroulement de la pièce n'est pas continu ; il est sans cesse interrompu, et l'Auteur et les personnages opèrent de nombreux retours en arrière (analepses) et avancées dans l'histoire (prolepses). Enfin, les actes ne sont pas divisés en scène même si leur repérage reste possible grâce aux jeux de lumière et aux entrées et sorties des personnages. Le tableau qui suit (p. 24-28) tentera de présenter l'architecture de la pièce.

On l'aura compris : *La Grotte* est une pièce à faire, en construction. Sa structure est lumineuse sur ce point. Mais si l'Auteur a hésité à composer sa pièce, s'il hésite encore au moment même où celle-ci devrait être représentée, c'est qu'il est obsédé par le souci d'une « pièce bien faite ». On trouve cette expression au XIXe siècle, chez Eugène Scribe (1791-1861). Elle désigne un type de pièce qui se caractérise par un agencement logique de l'action et qui exhibe suffisamment ses ficelles pour être comprise du public et maintenir son attention éveillée. Or c'est ce dernier point qui préoccupe l'Auteur dans *La Grotte* et qui explique ses nombreuses interventions pour commenter ses choix. Par cet artifice qui complexifie le drame représenté, Anouilh s'assure de l'attention de ses spectateurs, jouant avec leurs nerfs et ne révélant qu'à la fin l'identité du meurtrier de Marie-Jeanne et celle du père de l'enfant que porte Adèle. Procédant de cette manière, Anouilh réussit là où son Auteur a craint d'échouer.

<table>
<tr><th colspan="2">Acte I
Pendant toute cette première partie, l'Auteur restera maître du destin de ses personnages. Les acteurs obéissent à ses directives.</th></tr>
<tr><td>Prologue</td><td>Monologue de l'Auteur, adressé au public : on exhibe l'illusion théâtrale. Effacement du « quatrième mur ».</td></tr>
<tr><td colspan="2">Transition : « l'éclairage change », « L'Auteur s'efface ».</td></tr>
<tr><td>Scène 1</td><td>Le Commissaire et le Comte : début de l'enquête. Scène d'exposition : présentation des personnages et de l'intrigue : meurtre de la cuisinière.</td></tr>
<tr><td colspan="2">Transition : le Comte sort. Entrée du personnage d'Hugueline.</td></tr>
<tr><td>Scène 2</td><td>Dialogue entre le Commissaire et Hugueline.</td></tr>
<tr><td colspan="2">Transition : sortie du Commissaire et d'Hugueline, « l'Auteur s'est avancé vers le public ; l'éclairage change et se centre sur lui ».</td></tr>
<tr><td>Scène 3</td><td>Discours de l'Auteur : il n'est pas satisfait de son début. Il a commencé par la fin, selon lui, comme dans les romans policiers. Il veut opérer un retour en arrière. Il continue l'exposition en apportant de nombreux détails sur la biographie de Marie-Jeanne, la cuisinière, mais aussi sur le Séminariste, son fils.</td></tr>
<tr><td colspan="2">Transition : « [(l'Auteur) crie à l'acteur qui joue le Séminariste :] Allez-y mon petit vieux… ».</td></tr>
<tr><td>Scène 4</td><td>Retour en arrière (ou analepse) : on reprend avant le meurtre de Marie-Jeanne. Dialogue entre celle-ci et le Séminariste, son fils, arrivé dans la maison pour remplacer le précepteur des enfants. Son identité est dissimulée.</td></tr>
<tr><td colspan="2">Transition : entrée du personnage d'Adèle.</td></tr>
<tr><td>Scène 5</td><td>Dialogue entre Marie-Jeanne et Adèle, reposant sur le secret. La jeune fille semble malade. Premier contact entre la jeune fille et le Séminariste.</td></tr>
<tr><td colspan="2">Transition : sortie de Marie-Jeanne et du Séminariste. Entrée du personnage de Marcel.</td></tr>
</table>

<table>
<tr><td>Scène 6</td><td>Dialogue entre Adèle et Marcel. Il lui propose de partir dans une maison close en Algérie pour échapper au destin de la « grotte ».</td></tr>
<tr><td colspan="2">Transition : sortie de Marcel, entrée du personnage du petit Alexis.</td></tr>
<tr><td>Scène 7</td><td>Dialogue entre Adèle et le petit Alexis. Réflexion sur le déterminisme social.</td></tr>
<tr><td colspan="2">Transition : irruption de l'Auteur.</td></tr>
<tr><td>Scène 8</td><td>Discours de l'Auteur qui interrompt la scène. Il analyse cet autre début. Entrée sur scène du Commissaire qui lui vante les bienfaits de l'intrigue policière. L'Auteur, peu convaincu, finit par accepter de reprendre après le meurtre.</td></tr>
<tr><td colspan="2">Transition : l'Auteur se recule. Adèle sort de scène. « L'éclairage a changé. »</td></tr>
<tr><td>Scène 9</td><td>Prolepse : le spectateur est projeté après le meurtre. Dialogue entre le Commissaire et le petit Alexis. Interrogatoire.</td></tr>
<tr><td colspan="2">Transition : sortie du petit Alexis, entrée du personnage d'Hugueline.</td></tr>
<tr><td>Scène 10</td><td>Dialogue entre le Commissaire et Hugueline. Interrogatoire.</td></tr>
<tr><td colspan="2">Transition : interruption de l'Auteur.</td></tr>
<tr><td>Scène 11</td><td>L'Auteur refuse l'orientation donnée par le Commissaire à la pièce. Il veut faire jouer la scène d'amour entre Adèle et le Séminariste.</td></tr>
<tr><td colspan="2">Transition : sortie du Commissaire et de l'Auteur.</td></tr>
<tr><td>Scène 12</td><td>Analepse (avant le meurtre). Dialogue entre Adèle et le Séminariste.</td></tr>
<tr><td colspan="2">Transition : l'Auteur réapparaît.</td></tr>
<tr><td>Scène 13</td><td>L'Auteur est perplexe quant au déroulement de sa pièce. Les acteurs sont « navrés ». Le Commissaire lui propose de faire un entracte.</td></tr>
</table>

<table>
<tr><th colspan="2">Acte II
Les personnages échappent peu à peu à la volonté de l'Auteur.</th></tr>
<tr><td>Scène 1</td><td>Dans la cuisine. Dialogue entre le Père Romain, Léon, Marcel et Hugueline. Prolepse : après le meurtre de Marie-Jeanne. Discours sur ce qu'ont été leurs maîtres.</td></tr>
<tr><td colspan="2">Transition : absence de transition. Seule l'évocation faite du baron et de la baronne Jules dans la scène précédente semble introduire la scène 2.</td></tr>
<tr><td>Scène 2</td><td>À l'étage de la maison. Dialogue entre le baron et la baronne Jules sur le meurtre et ses répercussions sociales pour la famille.</td></tr>
<tr><td colspan="2">Transition : absence de transition.</td></tr>
<tr><td>Scène 3</td><td>À l'étage de la maison. Dialogue entre le Comte et la Comtesse sur le meurtre. Dialogue avec leurs enfants.</td></tr>
<tr><td colspan="2">Transition : interruption de l'Auteur.</td></tr>
<tr><td>Scène 4</td><td>Discours de l'Auteur qui réalise que ses acteurs ont continué la pièce sans lui. Dialogue avec le Père Romain, puis avec le Commissaire.</td></tr>
<tr><td colspan="2">Transition : absence de transition. Les acteurs, les personnages commencent à échapper à l'Auteur. Ils poursuivent la pièce. L'Auteur est impuissant.</td></tr>
<tr><td>Scène 5</td><td>Nous avons choisi de regrouper dans ce moment théâtral tous les dialogues qui se font dans la cuisine (« la grotte »), ainsi que les commentaires de l'Auteur. Analepse (avant le meurtre) :
– dialogue entre Marie-Jeanne et Adèle au sujet de la relation qui unit la jeune fille et le Séminariste. Marie-Jeanne prépare une tisane à Adèle pour tuer l'enfant qu'elle porte. Discussion sur l'identité du père ;
– entrée de Léon le cocher. Dispute entre lui et Marie-Jeanne sa maîtresse depuis « vingt ans » Pendant qu'elle est dans l'arrière-cuisine, il tente de profiter d'Adèle. La jeune fille parvient à s'enfuir ;</td></tr>
</table>

<table>
<tr><td>Scène 5 (suite)</td><td>– entrée de l'Auteur et du Commissaire. L'Auteur est dépité face aux orientations que prend sa pièce ;
– entrée du personnage de Marcel. Dialogue entre Marcel et Léon puis Hugueline. L'action piétine, ce que ne manque pas de souligner l'Auteur qui s'immisce dans la scène ;
– entrée du Séminariste qui se fait renvoyer à l'étage par sa mère.</td></tr>
<tr><td colspan="2">Transition : « Le noir soudain. La lumière revient soudain ».</td></tr>
<tr><td>Scène 5 bis</td><td>« On dirait le début de la scène qui recommence », indique la didascalie. Dispute entre Marie-Jeanne et le Séminariste. Ce dernier comprend qu'Adèle est enceinte. Il découvre l'avortement mis en place par sa mère. Il veut épouser Adèle et élever l'enfant. Colère très vive de Marie-Jeanne.</td></tr>
<tr><td colspan="2">Transition : « Le noir soudain. »</td></tr>
<tr><td>Scène 6</td><td>Colère de l'Auteur. Il comprend que ses acteurs lui échappent. Dialogue avec le Commissaire.</td></tr>
<tr><td colspan="2">Transition : entrée du Séminariste.</td></tr>
<tr><td>Scène 7</td><td>Discours du Séminariste. La requête des acteurs-personnages.</td></tr>
<tr><td colspan="2">Transition : « Le noir s'est fait en bas sur scène. » À partir de ce moment, l'Auteur et le Commissaire sont en position de véritables spectateurs, ils assistent à la représentation des personnages de « la grotte ».</td></tr>
<tr><td>Scène 8</td><td>À l'étage. Scène entre les enfants et le Séminariste, puis entre ce dernier et la Comtesse.</td></tr>
<tr><td colspan="2">Transition : commentaires de spectateurs de l'Auteur et du Commissaire « toujours ému et reniflant après ce genre de scène ».</td></tr>
<tr><td>Scène 9</td><td>Dialogue entre le Comte et la Comtesse.</td></tr>
<tr><td colspan="2">Transition : « La lumière est remontée en bas. »</td></tr>
<tr><td>Scène 10</td><td>Dans la grotte. Le haut et le bas se confondent. La vérité éclate.</td></tr>
</table>

Transition : l'Auteur renvoie les personnages.	
Scène 11	Le meurtre de Marie-Jeanne.
Transition : « *Le noir se fait soudain.* » Ellipse du moment précis du meurtre. « *La lumière revient.* »	
Scène 12	On s'inquiète de la blessure de Marie-Jeanne ; dialogue entre Marie-Jeanne et Hugueline ; dialogue entre Marie-Jeanne, le baron et la baronne Jules.
Transition : « *Ils s'écartent tous.* »	
Scène 13	Le départ d'Adèle.
Transition : « *La cuisine semble plus obscure... Cela devient un lieu fantastique.* »	
Scène 14	L'Auteur et son personnage : l'Auteur joue le personnage du Comte.
Transition : entrée d'Alexis.	
Scène 15	Dialogue entre Marie-Jeanne et Alexis. Refus du déterminisme social : la fin possible de l'espace de la grotte. Mort de Marie-Jeanne.
Transition : entrée du Commissaire.	
Scène 16	Dénouement et élucidation du meurtre. La grotte devient un espace de réconciliation entre la comédie et la tragédie. C'est ici que la pièce se termine, permettant aux deux genres de fusionner pour former une seule et même œuvre : *La Grotte*, « comédie grinçante ».

CHRONOLOGIE

1910 1987

■ Repères historiques et culturels

■ Vie et œuvre de l'auteur

Repères historiques et culturels

1913	Apollinaire, *Alcools*. Proust, *Du côté de chez Swann*.
1914-1918	Première Guerre mondiale.
1917	Révolution russe. Valéry, *La Jeune Parque*.
1918	Tzara, *Manifeste dada*.
1919	Traité de Versailles.
1921	Cocteau, *Les Mariés de la tour Eiffel*.
1923	Colette, *Le Blé en herbe*. Première à Paris de *Six Personnages en quête d'auteur*, de Pirandello.
1924	Éluard, *Mourir de ne pas mourir* Breton, *Premier Manifeste du surréalisme*.
1925	Gide, *Les Faux-Monnayeurs*.
1926	Aragon, *Le Paysan de Paris*.
1927	Mauriac, *Thérèse Desqueyroux*.
1928	Breton, *Nadja*.
1929	Crise économique internationale. Krach boursier de Wall Street. Claudel, *Le Soulier de satin*. Giono, *Collines*.
1930	Breton, *Second Manifeste du surréalisme*.

Vie et œuvre de l'auteur

1910 23 juin : Jean Anouilh naît à Bordeaux d'un père tailleur et d'une mère musicienne qui se produit dans un orchestre sur des scènes de casino en province.

1921 Jean Anouilh vit à Paris, il effectue toute sa scolarité au lycée Chaptal. Très tôt, il se prend de passion pour le théâtre.

1928 Il lit Pirandello. Au printemps, il assiste à la représentation du *Siegfried* de Giraudoux.

1929 Il travaille pendant deux ans dans une agence de publicité où il rencontre le poète Jacques Prévert.

1930 Il devient le secrétaire particulier de Louis Jouvet, directeur de la Comédie des Champs-Élysées. Très vite les relations se dégradent entre les deux hommes. Ils se séparent.

Repères historiques et culturels

1932	Céline, *Voyage au bout de la nuit*.
1933	Hitler devient chancelier en Allemagne. Malraux, *La Condition humaine*.
1935	Artaud, *Le Théâtre de la cruauté*. Giraudoux, *La guerre de Troie n'aura pas lieu*.
1936	Front populaire.
1938	Sartre, *La Nausée*. Exposition internationale surréaliste à Paris.
1939-1945	Seconde Guerre mondiale.
1942	Aragon, *Les Yeux d'Elsa*. Camus, *L'Étranger*. Ponge, *Le Parti pris des choses*.
1944	Sartre, *Huis clos*.
1945	Prévert, *Paroles*.
1946	IVe République.
1946-1954	Guerre d'Indochine.

Vie et œuvre de l'auteur

1932 *L'Hermine* est créée au théâtre de l'Œuvre. Premier succès. Il décide de vivre uniquement de sa plume. Il épouse la comédienne Monelle Valentin dont il a une fille.

1933 *Mandarine*. La pièce est un échec.

1935 *Y'avait un prisonnier*. La pièce est un échec.

1937 *Le Voyageur sans bagage*. La pièce est mise en scène par Georges Pitoëff au théâtre des Mathurins ; c'est un véritable succès, le metteur en scène prouve à Louis Jouvet qu'il s'est trompé sur son ancien secrétaire, dramaturge de talent. Grâce à cette pièce, Anouilh accède à la notoriété.

1938 Création de *La Sauvage* dans une mise en scène de Georges Pitoëff.
Création du *Bal des voleurs* dans une mise en scène d'André Barsacq.

1940 Création de *Léocadia* dans une mise en scène d'André Barsacq au théâtre de l'Atelier.

1941 Création d'*Eurydice*, première des pièces d'Anouilh sur les mythes antiques.
Création du *Rendez-vous de Senlis*.

1942 Anouilh écrit *Antigone*.

1944 Création d'*Antigone* au théâtre de l'Atelier dans une mise en scène d'André Barsacq. La pièce engendre une polémique. Certains y voient une pièce en faveur du régime de Vichy, d'autres un rejet violent, incarné par Antigone, de l'ordre établi.

1946 *Roméo et Jeannette*. Début de la collaboration avec l'acteur Michel Bouquet qui restera toujours fidèle à Anouilh.

Repères historiques et culturels

1947	Camus, *La Peste*. Vian, *L'Écume des jours*.
1950	Ionesco, *La Cantatrice chauve*.
1951	Giono, *Le Hussard sur le toit*. Gracq, *Le Rivage des Syrtes*. Yourcenar, *Mémoires d'Hadrien*.
1952	Beckett, *En attendant Godot*.
1953	Robbe-Grillet, *Les Gommes*.
1954-1962	Guerre d'Algérie.
1957	Butor, *La Modification*.
1958	Ve République. Beauvoir, *Mémoires d'une jeune fille rangée*. Duras, *Moderato cantabile*.
1959	Queneau, *Zazie dans le métro*.
1962	Ionesco, *Le roi se meurt*.
1963	Le Clézio, *Le Procès-verbal*.
1964	Sartre, *Les Mots*.

Vie et œuvre de l'auteur

1947 *L'Invitation au château.*

1948 *Ardèle ou la Marguerite.*

1950 *La Répétition ou l'Amour puni*, dans une mise en scène de Jean-Louis Barrault au théâtre Marigny.

1951 *Colombe.*

1952 *La Valse des toréadors.*
L'Alouette.

1953 Anouilh assiste à la création d'*En attendant Godot* de Samuel Beckett, il salue le talent du dramaturge. Il épouse Nicole Lançon qui lui donnera trois enfants.

1955 *Ornifle ou le Courant d'air.*

1956 *Pauvre Bitos ou le Dîner de têtes.*

1959 *Becket ou l'Honneur de Dieu.*
L'Hurluberlu ou le Réactionnaire amoureux.
La Petite Molière.

1961 4 octobre : création de *La Grotte* dans une mise en scène de l'auteur et de Roland Piétri au théâtre Montparnasse-Gaston Baty. La pièce est un échec, Anouilh se tourne alors vers la mise en scène.

Repères historiques et culturels

1967 Tournier, *Vendredi ou les Limbes du Pacifique*.

1968 Événements de mai.

1969 De Gaulle quitte le pouvoir.

1970 Tournier, *Le Roi des Aulnes*.

1974 Valérie Giscard d'Estaing devient président de la République française.

1980 Le Clézio, *Désert*.

1981 François Mitterrand devient président de la République française.

1984 Duras, *L'Amant*.

Vie et œuvre de l'auteur

1968 *Le Boulanger, la Boulangère et le Petit Mitron.*

1969 *Cher Antoine.*

1976 *Chers Zoizeaux.*

1981 *Le Nombril.*

1987 Décès de Jean Anouilh.

© Yvan Garouel

■ Yvan Garouel, de dos sur cette photo, interprète l'Auteur dans sa mise en scène de *La Grotte* au théâtre du Lucernaire à Paris en 1997. Il s'adresse ici aux comédiens.

LA GROTTE

PERSONNAGES

L'AUTEUR

LE COMTE
LA COMTESSE
LE BARON JULES
LA BARONNE JULES
LE SÉMINARISTE

LE COMMISSAIRE

LE PÈRE ROMAIN, maître d'hôtel
MARIE-JEANNE, cuisinière
LÉON, cocher
MARCEL, valet de chambre
HUGUELINE, femme de chambre
ADÈLE, fille de cuisine
ALEXIS, aide de cuisine

La Grotte de Jean Anouilh a été présentée pour la première fois à Paris le 4 octobre 1961 au théâtre Montparnasse-Gaston Baty, dans une mise en scène de l'auteur et de Roland Piétri, dans des décors et des costumes de Jean-Denis Malclès, avec, par ordre d'entrée en scène : Jean Le Poulain, Christian Lude, Marcel Cuvelier, Anne Wartel, Lila Kedrova, Jean Signe, Huguette Hue, Pascal Mazzotti, Pierre Pernet, Henry Gaultier, Marcel Pérès, Alain Leroy, Anne Guérin, Martine Sarcey, Bernard Pisani.

Premier acte

Le décor est double. En bas la cuisine, antre[1] *obscur, avec un soupirail*[2] *donnant sur la rue d'où l'on ne voit que les pieds des passants, en haut des salons clairs et lumineux. Dans le salon central, un immense portrait de vieille dame en robe d'apparat*[3]*. Rien n'a l'air vrai ni dans l'un ni dans l'autre décor*[4]*. Dans la cuisine, un immense fourneau dont le gros tuyau noir traverse tout le décor et passe, insolite, au milieu des salons, masquant le portrait de la vieille dame en robe de brocart*[5]*.*

Au lever du rideau, tous les personnages sont en scène, immobiles, semblant attendre on ne sait quoi. Le Commissaire est en bas au milieu des personnages de la cuisine : chapeau melon, col dur trop haut, costume noir. Près de lui, l'Auteur dont le costume moderne et un peu négligé contraste avec celui des personnages de la pièce. Le rideau levé, après un instant

---

1. ***Antre*** : au sens propre, excavation, grotte servant d'abri à un animal. Au sens figuré : lieu mystérieux et inquiétant. Ici, le mot est une référence évidente au titre de la pièce. La cuisine se trouve au sous-sol de la maison.
2. ***Soupirail*** : ouverture donnant un peu d'air et de lumière à un sous-sol.
3. ***D'apparat*** : à l'éclat pompeux, solennel. Ici, il s'agit d'une robe choisie pour un portrait.
4. Anouilh souligne que le décor n'est pas de nature à imiter la réalité pour créer l'illusion théâtrale ; le dramaturge veut au contraire exhiber la machine théâtrale.
5. ***Brocart*** : riche tissu de soie rehaussé de dessins brochés en fils d'or et d'argent.

d'hésitation générale, l'Auteur, un peu gêné, s'avance vers la rampe [1] *et s'adresse aux spectateurs…*

L'AUTEUR

Ce qu'on va jouer ce soir, c'est une pièce que je n'ai jamais pu écrire. J'en ai écrit beaucoup d'autres, que vous avez eu l'indulgence [2] d'applaudir, depuis bientôt trente ans… *(Il attend un peu comme si on allait applaudir, puis il dit enfin :)* Merci. *(Et il enchaîne, un peu vexé :)* Mais celle-là, je n'ai jamais pu l'écrire. On va essayer de la jouer quand même. Je sais : vous avez payé votre place sans savoir ce détail… Mais ceux qui ne seront pas contents pourront se faire rembourser à la sortie. Oui. J'ai pu obtenir cela de la direction. Non sans mal. Les directeurs, quand ils tiennent un spectateur, de nos jours, surtout avec une pièce difficile, une pièce où on ne rit pas tout le temps et qui n'a pas eu un bon article dans le *Figaro*, vous pensez bien qu'ils n'ont pas envie de le lâcher comme ça. Mais enfin, j'ai pu l'obtenir. Ainsi ceux qui n'auront pas compris – il y en aura – ceux que cela aura ennuyés, ou ceux qui auront trouvé cela vraiment trop ignoble – il y en aura aussi – pourront après le spectacle… *(Il n'achève pas sa phrase et ajoute timidement :)* Enfin, théoriquement. Parce que, dans la bousculade des derniers jours, je crois, pour être très franc, que la direction n'a pas très bien mis au point le processus exact du remboursement.

La dernière fois que je lui en ai parlé, au directeur, la répétition avait été bonne… Ce qui ne veut rien dire au théâtre, il y a une répétition bonne et une mauvaise, un jour sur deux. On passe par des alternatives d'espoir et de désespoir et c'est la première fois qu'il y a du public qu'on s'aperçoit si la mayonnaise prend. C'est une vieille vérité, que les comédiens ne manquent jamais de vous redire quand ils ont été mauvais à une répétition, c'est le public qui fait la pièce. Le théâtre, c'est une partie où le public reçoit, une

---

1. ***Rampe*** : rangée de lumières sur le devant de la scène. «Passer la rampe» au théâtre signifie atteindre le public.
2. ***Indulgence*** : bonté, générosité.

fois sur deux, le ballon sur la tête; si le ballon tombe dans un coin de la salle où il y a des maladroits qui ne savent pas le renvoyer la partie n'est pas bonne, voilà tout. Mais nous, nous nous sommes entraînés, six semaines, pas vous. J'ai toujours pensé, pour ma part, qu'il faudrait faire répéter aussi les spectateurs et les critiques. On aurait beaucoup moins de fours [1]. Malheureusement, cela s'est révélé un peu compliqué à mettre au point, cette idée-là…

La pièce de ce soir n'est pas faite, elle est à faire et on compte particulièrement sur vous… J'entends un critique qui dit à l'oreille de son voisin qu'il a déjà vu ça dans Pirandello [2]. D'abord, vous vous apercevrez que ce n'est pas exactement la même chose et puis, ensuite, cela prouverait seulement qu'il a dû avoir des ennuis avec une pièce, lui aussi, Pirandello…

Mais trêve de considérations générales ou nous ne la commencerons jamais, cette pièce. Et s'il y a une chose que les comédiens détestent, c'est une carafe. La carafe, en terme de métier, c'est un passage du dialogue où on est en scène et où on ne dit rien. Alors, en ce moment, derrière moi… *(Il a un geste.)* Je n'ose même pas me retourner…

Donc, la dernière fois que je lui ai parlé de ce remboursement éventuel des places, étant donné la singularité de notre entreprise, au directeur, il m'a tapé jovialement sur l'épaule (la répétition avait été bonne, je vous l'ai dit) et il m'a dit : « Mon cher Maître… » (il m'appelle « Maître » cette année parce que j'ai eu un succès l'année dernière; les années qui suivent mes fours, il m'appelle « Mon pauvre ami »), il m'a donc dit : « Mon cher Maître, vous êtes trop modeste. L'éventualité ne se présentera pas ! »

Enfin, moi, je vous aurai averti.

Cette pièce, si cela avait été une vraie pièce – je l'ai espéré un moment – devait s'appeler « la Grotte ». *La Grotte* dans mon

1. ***Fours*** : au sens figuré, échecs (pour des représentations dramatiques).
2. ***Pirandello*** : dramaturge italien (1867-1936), auteur notamment de la pièce *Six Personnages en quête d'auteur* à laquelle Anouilh fait ici référence (voir présentation, p. 17, et dossier, p. 183-185).

esprit, c'est… Enfin vous verrez bien. Si j'explique tout, cela ne va plus être drôle.

D'abord, le décor.

J'ai été très ennuyé par le décor. Je n'aime pas beaucoup les décors compliqués, ils décèlent toujours une faiblesse. «Le théâtre, a dit Lope de Vega, c'est deux planches, deux tréteaux et une passion [1].»

Les deux planches et les deux tréteaux; on se débrouille, on les a toujours. La passion, la vraie passion qui va faire un seul être attentif, englué dans un même silence des cinq ou six cents personnes qui sont là, on l'a plus rarement, il faut l'avouer. Des petits bouts de passionnettes le plus souvent; des filets d'eau que l'auteur s'est figuré être un torrent, tout seul avec son petit stylo. Alors, comme ces cuisinières, un peu incertaines de leur viande, qui se rattrapent avec une sauce, on fait appel à un metteur en scène astucieux et à un décorateur.

J'aurais souhaité qu'il n'y ait pas de décor, rien que des personnages dans cette pièce. Mais cela s'est révélé impossible.

L'action se situe dans un hôtel particulier du faubourg Saint-Germain [2] au début du siècle [3]. En bas, c'est la cuisine – en sous-sol, la Grotte proprement dite – avec son énorme fourneau, où vit le monde des domestiques. Il y en avait beaucoup à l'époque, chez les gens bien.

Ce portrait de dame en robe d'apparat c'est la «Vieille». Je l'ai appelée la Vieille, quoiqu'elle ne le soit pas tellement sur ce portrait, parce que dans la Grotte on l'a toujours appelée ainsi, par opposition à la nouvelle femme du Comte qui, elle, est toute

1. Citation approximative de Lope de Vega, dramaturge espagnol (1562-1635); allusion au théâtre de tréteaux, qui renoue avec la tradition foraine et pour lequel le texte et le corps des comédiens doivent suffire à produire l'illusion théâtrale.

2. ***Faubourg Saint-Germain*** : quartier de Paris où se dressaient de nombreux hôtels particuliers.

3. Dans les années 1900.

jeune. C'est l'ancienne maîtresse de la maison. La première femme du Comte. Elle est morte depuis longtemps quand la pièce commence et elle n'y jouera aucun rôle visible. Mais sous sa loi, sa loi implacable, du temps où le monde était nettement partagé en deux, les gens de la Grotte, mal nourris, mal traités, mal payés, ont tout de même vécu une ère de tranquillité et de calme affreux, qu'ils regrettent obscurément, maintenant que leurs maîtres – sous l'influence de la seconde comtesse, cette jeune femme blonde qui a l'air si distingué, là-haut, à ma droite – sont devenus plus humains.

Du temps de la Vieille, il y avait une fatalité à laquelle ils savaient qu'ils ne pouvaient pas échapper. Et cette certitude leur procurait une sorte de paix. C'était presque bon. Les pauvres n'ont de cesse que leur misère soit une fatalité – alors seulement, ils se sentent en paix.

Mais, je suis en train de tout vous dire. Vous comprendrez tout ça, tout seuls.

Donc, dans cette pièce pas encore faite, il y a les personnages d'en haut – ce n'est pas difficile; ce sont précisément les personnages qui sont en haut dans le décor – et les personnages d'en bas, qui sont en bas. Vous commencez à comprendre pourquoi j'ai utilisé tant de bouts de bois ?

Les personnages d'en bas ce sont les domestiques; plus le petit curé. Ce n'est pas un curé, d'ailleurs. C'est un séminariste [1] qui n'a pas encore reçu les ordres. Ce détail a son importance, cela enlève beaucoup de scandale à la présence de cette soutane dans cette histoire.

Pourquoi un séminariste ? Le directeur me l'a répété dix fois. Il ne le voyait pas d'un bon œil, lui, ce séminariste, il les lisait déjà les critiques ! Il en avait froid dans le dos. Pourquoi un séminariste ? Moi-même tous les matins, je me le répétais en prenant mes papiers.

---

1. ***Séminariste*** : jeune personne qui se destine à l'état ecclésiastique, élève d'un séminaire, établissement religieux où se préparent les jeunes clercs qui doivent recevoir les ordres.

« Pourquoi un séminariste ? Tu vas indisposer tout le monde pour rien. Fais-en un télégraphiste [1], un unijambiste [2], n'importe quoi, mais pas un séminariste. Il y a déjà assez d'histoires épineuses dans cette sacrée pièce. » Eh bien non ! C'est un séminariste. Il va falloir que vous le subissiez comme je l'ai subi.

Mêlé provisoirement aux personnages d'en bas, il y a aussi le Commissaire. *(Il lui adresse un petit signe amical.)* Salut !

LE COMMISSAIRE

Salut !

L'AUTEUR

Celui-là, c'est une vieille connaissance. Un de ces personnages aux effets faciles, qui n'a rien à voir avec l'histoire ; et que je mets toujours dans mes pièces pour m'aider à commencer – et qu'on me reproche toujours – mais moins que moi ! Un matin quand je désespérais de jamais pouvoir construire cette Grotte, je l'ai fait venir, pensant que son intervention ferait prendre la sauce. La sauce, il a plutôt contribué à la faire tourner. Seulement, sa scène m'était utile par l'exposition d'une situation assez embrouillée et je n'ai pas réussi à me débarrasser de lui.

La pièce commençait avec lui, comme une vraie pièce, avant ce jour de désespoir où j'ai renoncé à l'écrire. Il arrivait chez le Comte, le monsieur aux tempes grises au premier – un drôle de personnage lui aussi, je vous expliquerai, qui m'a donné beaucoup de mal –, peu de jours après le meurtre de la cuisinière… *(Il s'arrête.)* Car je ne vous l'ai pas encore dit, mais la cuisinière de la maison a été tuée d'un coup de couteau – je crois, je n'en suis pas sûr – dans des circonstances qui n'ont jamais été très claires, même pour moi. *(Le Commissaire est sorti discrètement.)* Un instant, il est sorti, mais pas de fausse joie ! Ne croyez pas qu'on se débarrasse de lui comme ça. Il est en train de monter dans la

1. ***Télégraphiste*** : porteur de télégrammes et autres messages urgents.
2. ***Unijambiste*** : qui a subi l'amputation d'une jambe.

partie supérieure du décor pour jouer sa scène, par les coulisses, et l'escalier est un peu raide... Vous savez, au théâtre, tout ce qui ne se voit pas...

Le Commissaire est apparu dans le salon central où se trouve le Comte.

L'AUTEUR

Le voilà ! J'ai toujours peur qu'il se trompe et qu'il entre dans le boudoir [1] de la Comtesse, ce serait une autre scène, que je n'ai pas du tout prévue... On va pouvoir commencer la première scène, celle qui était écrite... Et après, on verra. Allez-y, mon vieux.

Il se retire dans un coin, l'éclairage change, le bas s'assombrit un instant. Le haut s'éclaire. Les personnages sortent tous, sauf le Commissaire et le Comte qui vont commencer leur scène en haut, puis la poursuivront en bas dans la cuisine. La lumière reviendra avec eux.

LE COMMISSAIRE

Si vous voulez me montrer les lieux, Monsieur le Comte. *(Le Comte a un geste. Ils descendent. L'Auteur s'efface pendant qu'ils arrivent en bas.)* C'est ici ?

LE COMTE *a un geste.*

C'est ici. Elle était étendue là.

Le Commissaire inspecte gravement les lieux, ramasse un bout de fil par terre, puis le jette, déçu ; il prend ses papiers.

LE COMMISSAIRE, *son calepin à la main.*

Je me résume. D'abord les habitants de cette maison. Vous-même, Monsieur le Comte et Madame la Comtesse. Vos deux enfants, Monsieur le baron Jules, votre fils du premier lit, et Madame la baronne Jules et, d'autre part, en bas : Monsieur

1. ***Boudoir*** : petit salon élégant de dame.

Romain votre maître d'hôtel ; ladite Ermeline Joseph, cuisinière, la victime ; Léon Lacase, cocher ; Marcel Punais, valet de chambre ; Hugueline Lapointe, femme de chambre ; Adèle Lepied, fille de cuisine ; le petit Alexis aide de cuisine et – de passage – le séminariste Thomas Joseph remplaçant le précepteur [1] des enfants.

LE COMTE

C'est exact.

LE COMMISSAIRE

Je conçois, Monsieur le Comte, qu'il soit extrêmement désagréable de répondre à toutes ces questions. Croyez bien qu'on est conscient, en haut lieu, de la délicatesse – je dirai infinie – avec laquelle doit être menée une enquête de police au sein d'une des plus anciennes et des plus nobles familles – je dirai du Faubourg [2] – puisque c'est, je crois, l'expression consacrée. Monsieur le Préfet en me confiant de préférence à certains de mes collègues d'opinions – je dirai avancées – le soin de mener cette enquête a tenu, il me l'a dit lui-même, à éviter toute éclaboussure même indirecte, sur un nom qui fait en quelque sorte partie du patrimoine national. Ce sont les propres termes de Monsieur le Préfet. Mon choix est déjà un programme ; je suis noté pour avoir toujours bien pensé, Monsieur.

LE COMTE, *sans rire*.

Je vous en félicite, Monsieur le Commissaire.

LE COMMISSAIRE

C'est ce qui explique d'ailleurs, car il y a plusieurs manières de penser bien, suivant les différents gouvernements, que, parvenu au grade de commissaire divisionnaire, je garde – je dirai peu d'espoir – de gravir avant l'âge de la retraite, un nouvel échelon.

---

1. ***Précepteur*** : personne chargée de l'éducation d'un enfant à domicile.
2. ***Faubourg*** : ici, faubourg Saint-Germain (voir note 2, p. 44).

© Yvan Garouel

■ Le Comte (Claude Grognet, à gauche) et le Commissaire (Pascal Laurent) dans la mise en scène d'Yvan Garouel (1997).

Le Comte, *poli*.

Je le déplore avec vous.

Le Commissaire

Je ne suis pas le premier, sans remonter jusqu'aux saints martyrs, à qui ses opinions religieuses auront nui. Mais les dés sont jetés, ou, comme on dit vulgairement (notre profession nous met à même de fréquenter tous les milieux), les carottes sont cuites. Venons au fait, Monsieur le Comte ! Nous voulons faire éclater toute la vérité pour être – je dirai – en mesure de n'en publier qu'une partie.

Le Comte, *léger*.

Je compte bien vous y aider, Monsieur. La vérité est une personne que j'adore. D'abord parce qu'elle est nue, et – si j'en crois le témoignage de la plupart de ses peintres – parce qu'elle est jeune et bien faite [1]. Qui sait même, peut-être vierge ? Qu'en pensez-vous ?

Le Commissaire, *finaud*.

Monsieur, la police – qui dispose pourtant de certains moyens de coercition [2] – n'a jamais pu le lui faire avouer. La police se contente des apparences. La vérité : c'est un dossier qui se tient. Le mien doit se tenir, Monsieur le Comte. C'est tout ce que je demande.

Le Comte

Nous allons faire de notre mieux pour qu'il se tienne, Monsieur.

Le Commissaire

Je vois que nous nous comprenons, je dirai en hommes de bonne compagnie.

---

1. La représentation allégorique de la Vérité est une jeune femme nue, sortant d'un puits et tenant un miroir à la main.

2. ***Moyens de coercition*** : moyens de pression.

LE COMTE

Vous êtes très aimable.

LE COMMISSAIRE

Un coup de surin[1] – c'est un terme de métier, Monsieur – donné à une vieille femme et vraisemblablement, quoiqu'il nie, par son vieil amant, pas de quoi fouetter un chat. Tout au plus de quoi envoyer un bonhomme casser ses dix ans de caillou[2]. Mais on vous expédie un peu légèrement deux inspecteurs novices – peut-être influencés par une certaine presse – je ne cite aucun nom ! Mes jeunots posent un peu trop de questions et nous voilà avec une histoire de manœuvres abortives[3], de traite des blanches et un petit curé mystérieux qui se coupe tout le temps et qu'on ne sait pas trop ce qu'il vient faire là-dedans. Tout cela noir sur blanc au dossier. Cela se passerait à Belleville ou à la rigueur aux Batignolles, c'était douze lignes en huitième page, voilà tout ! Faubourg Saint-Germain, et tout cela réuni dans l'office d'une des familles aristocratiques les plus en vue de Paris, vous comprenez que pour certains, que je ne nommerai pas, le scandale, si scandale il y avait, serait une aubaine, dirai-je inespérée ?

LE COMTE, *qui s'agace.*

Dites, mais puis-je vous demander, Monsieur, de dire vite. Je monte ce matin avec une dame et je serais désolé de la faire attendre au Pré Catelan[4].

LE COMMISSAIRE *a un geste.*

Je suis un homme simple ; mais sans l'avoir fréquenté personnellement j'ai assez l'habitude, je dirai, professionnelle, d'un

---

1. ***Surin*** : couteau (argot).

2. ***Casser ses dix ans de caillou*** : être condamné dix ans aux travaux forcés (familier).

3. ***Abortives*** : destinées à faire avorter.

4. ***Pré Catelan*** : parc du bois de Boulogne, ancien lieu de promenade très à la mode à la fin du XIXe siècle et au début du XXe.

certain monde pour savoir *(il sourit finement)* qu'on n'y fait pas attendre les dames et que certains noms ont le droit d'y rester sans tache. Je suis là pour faire en quelque sorte… éclater le silence. C'est pourquoi d'ailleurs je parle tant. Je suis, comme on dit, gêné. Pardonnez ce que ma question peut avoir d'un peu personnel, Monsieur le Comte : avez-vous été l'amant de votre cuisinière ?

LE COMTE *sourit.*

C'était maintenant une vieille femme.

LE COMMISSAIRE, *consultant sa fiche.*

Quarante-sept ans.

LE COMTE

Mais elle avait été la plus fine, la plus ravissante jeune femme de chambre que la Comtesse, ma première femme, ait jamais dénichée au fond de sa province, d'où elle les faisait toutes venir, et je dois le dire, laides comme des poux. Je n'ai jamais d'ailleurs compris cette erreur chez une femme qui n'en commettait jamais.

LE COMMISSAIRE

Dois-je considérer votre réponse comme affirmative, Monsieur le Comte ?

LE COMTE

Je vous ai dit qu'il y a vingt-cinq ans, elle était ravissante.

LE COMMISSAIRE, *finement.*

Sans être moi-même un homme du monde, je vous l'ai dit, Monsieur le Comte, j'ai acquis un certain vernis [1] qui me permet de comprendre à demi-mot. Je n'insiste pas. Combien de temps êtes-vous resté son amant ?

1. ***Vernis*** : culture.

Le Comte

Je ne pense pas que cette précision vous soit utile, Monsieur.

Le Commissaire

Est-il exact qu'un fils, je dirai naturel [1], si le terme ne vous paraît pas péjoratif, serait né de cette union ?

Le Comte

Tous les fils sont naturels, Monsieur, et le mot naturel n'a jamais désobligé personne. Je dois cependant ajouter que je n'ai appris l'existence de ce jeune homme que le jour même du drame.

Le Commissaire

Arrivons au drame, précisément. Des premiers interrogatoires faits par mes jeunes collègues, il ressort que, le 27 du mois dernier vers dix-huit heures trente, entrant dans la cuisine, vos autres domestiques ont trouvé leur collègue Ermeline Joseph, quarante-sept ans, tenant l'emploi de cuisinière, étendue dans ladite cuisine et baignant dans son sang. Le médecin du quartier, le docteur illisible, constate la perforation de la rate et fait conduire la femme Ermeline Joseph à l'hôpital où elle décède peu après son admission. Les témoignages concordent pour affirmer que, dans l'heure qui a précédé la découverte de la blessée par ses collègues, deux personnes ont été vues dans la cuisine parlant à ladite Ermeline Joseph. À savoir : Monsieur le Comte Xavier-Stanislas-Pierre-Jean Thibaut de… *(le Comte a un geste)*… enfin vous, et le jeune séminariste, Thomas Joseph, fils naturel de ladite. Cependant, il est à noter que de notoriété publique ladite Ermeline Joseph avait un amant, le cocher, Léon Lacase. Vous le saviez ?

Le Comte

Ce sont des détails dont je m'occupais peu, Monsieur.

---

1. ***Fils*** […] ***naturel*** : enfant né hors mariage.

LE COMMISSAIRE *continue à lire.*

Homme brutal, alcoolique, avec lequel elle avait de fréquentes scènes qui se terminaient souvent par des coups… *(il lit mal)*… échangés… *(Il répète satisfait :)* Échangés. L'homme a pu, je dirai malheureusement, car c'était le coupable rêvé, fournir un alibi. Il était au café des Trois Pipes buvant depuis cinq heures avec le patron, un certain… *(Il ne peut pas déchiffrer.)* Passons. Ermeline Joseph, interrogée par l'agent Simard pendant son transfert à l'hôpital, a refusé de dire le nom de son agresseur. Elle est morte sans avoir pu être interrogée plus à fond. *(Il compulse ses fiches.)* Suivent les interrogatoires de Lacase Léon, la parfaite brute qui nie tout en bloc, mais on ne s'est pas encore occupé de lui sérieusement. Du séminariste Thomas Joseph qui a reconnu avoir eu avec sa mère une scène violente, dont les éclats ont été entendus du petit aide de cuisine Alexis, nom illisible, mais ledit Thomas Joseph se refusant formellement d'admettre qu'il ait été amené à porter la main sur sa mère au cours de leur discussion. Quelle était la situation exacte de ce garçon chez vous, Monsieur le Comte ?

LE COMTE

L'abbé qui enseignait le latin à mes enfants avait dû s'absenter deux mois. Sur la recommandation d'Ermeline nous avions engagé ce garçon, pour le remplacer.

LE COMMISSAIRE

Vous ignoriez qu'il était son fils ?

LE COMTE

Absolument.

LE COMMISSAIRE

Et le vôtre ?

LE COMTE

À plus forte raison. Je crois vous avoir dit que je n'avais appris son existence que le jour du drame.

LE COMMISSAIRE

Lorsque vous avez quitté la femme Joseph, elle était encore dans son état normal ?

LE COMTE, *après une hésitation.*

Non, elle était déjà blessée…

LE COMMISSAIRE *s'arrête confondu.*
Un silence. Il regarde le Comte, étonné.

C'est un détail extrêmement important, Monsieur le Comte. Et vous n'avez pas donné l'alerte ? Vous n'avez pas vous-même appelé la police, le médecin ?

LE COMTE, *soudain raide.*

Non.

LE COMMISSAIRE, *après un temps.*

Les instructions de Monsieur le Préfet sont formelles et je vous ai laissé entendre que je n'étais pas homme à faire du zèle intempestif[1]. Mais vous rendez-vous bien compte de la gravité de ce point ? Qui n'est fort heureusement pas porté sur votre premier interrogatoire…

Il vérifie, soulagé.

LE COMTE, *fermé.*

Je m'en rends parfaitement compte. C'est exactement une de ces choses, Monsieur, qu'on ne peut guère expliquer à la police. Il y en a beaucoup, même dans la vie d'un honnête homme.

1. ***Intempestif*** : déplacé, inconvenant.

Le Commissaire,

après un silence embarrassé.

Je vous l'ai dit, Monsieur le Comte. La vérité, pour nous, c'est un dossier qui se tient. Et nous avons, Dieu merci, quelques atouts en mains. D'abord le cocher alcoolique qui était son amant. Il a un alibi. Mais les alibis de patrons de bistrot, nous savons ce que ça vaut. Je dirai même : nous en vendons. Ce patron est d'ailleurs un de nos indicateurs... Ensuite, le certain Marcel Punais, votre valet de chambre, dont l'emploi du temps n'est pas clair entre cinq et sept heures ce jour-là... Individu certainement louche, fréquentant les hippodromes et en relations flagrantes avec un rabatteur des maisons closes d'Afrique du Nord. Ledit Punais ayant d'ailleurs fait des tentatives avérées pour faire engager votre fille de cuisine, la jeune Adèle Lepied, dans un établissement d'Oran, tenu pour tel par la police locale. Aux dernières nouvelles, la fille Lepied serait actuellement pensionnaire dudit établissement.

Le Comte *a un geste.*

Je sais seulement qu'elle a quitté la maison.

Le Commissaire

L'homme est donc parvenu à ses fins, ce qui ne témoigne pas en sa faveur. *(Il demande, ramassant ses fiches et sa serviette :)* Vous avez l'air de ne pas avoir beaucoup de chance avec vos domestiques, Monsieur le Comte ?

Le Comte *sourit.*

Vous voyez.

Ils sont sur l'escalier pour remonter.

Le Commissaire

Il est de plus en plus difficile de trouver des gens convenables, de nos jours. Je suis un homme modeste et ma femme doit se contenter d'une modeste bonne à tout faire, mais elle a un principe, elle les prend Auvergnates et laides.

Ils ont disparu et réapparaissent dans le salon supérieur sans avoir cessé de parler.

LE COMTE

C'était aussi le principe de ma première femme comme je vous l'ai dit. Mais elle faisait venir ses poux[1] du Perche[2]. Il y en a partout.

LE COMMISSAIRE

Abrégeons et disons-nous maintenant l'essentiel à mots couverts, Monsieur le Comte. Ce serait bien le diable si une police bien faite – dans un État qui se respecte – allait, je dirai importuner un homme, lui aussi respectable, quand elle a en mains deux gibiers de potence[3] qui ont de toutes façons déjà mérité leurs dix ans. On va reprendre l'interrogatoire de ces deux lascars avec des méthodes, je dirai… modernes. Et j'ai bon espoir que nous ayons dans quelques jours les aveux de l'un des deux, sinon des deux.

LE COMTE, *un peu sec soudain.*

J'ai tout de même quelque chose à vous dire, Monsieur.

LE COMMISSAIRE, *ambigu.*

Monsieur le Comte, entre gens de bonne compagnie, j'aime mieux que vous ne m'en disiez pas trop. Un dossier qui se tient, il faut cependant, dans une certaine mesure, pouvoir y croire soi-même.

LE COMTE

Je n'ai, bien entendu, pas « suriné[4] », comme vous dites, ma cuisinière, même s'il se trouve qu'elle a été ma maîtresse il y a près

---

1. ***Poux*** : ici, les domestiques, assimilés aux insectes parasites.
2. ***Perche*** : région de l'ouest du Bassin parisien.
3. ***Deux gibiers de potence*** : deux suspects tout trouvés.
4. ***Je n'ai*** […] ***pas « suriné »*** : je n'ai pas donné un coup de couteau, je n'ai pas poignardé.

de trente ans. Vous m'accorderez que c'est un geste qui n'aurait eu aucun sens. Je l'ai trouvée blessée. Elle a refusé que j'appelle un médecin. Je ne la croyais pas en danger de mort et elle tenait à se soigner elle-même avec une des drogues qu'elle fabriquait. Elle avait soigné beaucoup de nos gens, blessés accidentellement déjà, avec succès. Je savais d'autre part qu'elle ne souhaitait pas révéler le nom du coupable, par une conception de l'honneur qui peut vous paraître *(il sourit)*, je dirai… un peu particulière, mais qui existe chez certains. Je ne vous l'apprends pas, il y a des gens qui n'aiment pas la police.

LE COMMISSAIRE, *soudain plus fin.*

Monsieur le Comte, votre famille a donné assez d'hommes d'État glorieux à la France – et c'est d'ailleurs une des raisons de ma présence ici avec des instructions précises – pour que vous y ayez pu apprendre, par tradition, que la police peut se passer de l'amour des honnêtes gens (c'est une mode, je dirai… moderne, de la mépriser dans les hautes sphères exactement comme dans le milieu), mais que les honnêtes gens par contre, si affranchis qu'ils soient, s'aperçoivent toujours, un jour ou l'autre, qu'ils ne peuvent pas, eux, se passer de la police. C'est l'innocente vengeance des poulets quand les femmes du monde à la page, toujours entichées de voyous, se font barboter[1] – comme on dit vulgairement – leur collier de perles. Elles nous téléphonent incontinent[2]. Nous accourons alors sans rancune et nous faisons de notre mieux.

LE COMTE *éclate gentiment de rire*
et tape sur l'épaule du Commissaire.

Tout compte fait, vous m'êtes très sympathique, Monsieur le Commissaire. Faites votre métier du mieux que vous l'entendrez. Mais, en assurant votre Préfet de mes respects, dites-lui bien,

1. ***Barboter*** : voler.
2. ***Incontinent*** : aussitôt.

je vous prie, que je le dispense de toutes précautions à mon endroit. Je vous autorise même à lui faire savoir qu'il pourrait m'arriver de les trouver, je dirai… injurieuses. J'entends bien être soupçonné au même titre que tout le monde, ou je pourrais m'en formaliser.

LE COMMISSAIRE

Bien, Monsieur le Comte. Monsieur le Préfet partait d'un bon sentiment et d'une haute conception de la stabilité de l'État qui… Mais abrégeons ! M'autorisez-vous pendant les quelques jours qui suivent à interroger sur place – je dirai familièrement – les différentes personnes de cette maison ? L'interrogatoire sur convocation à la Préfecture ne donne jamais les mêmes résultats.

LE COMTE

Je vous y invite, moi compris si nous ne nous sommes pas tout dit. *(Il s'est levé.)* Maintenant, je m'excuse…

LE COMMISSAIRE, *très homme du monde.*

Je sais qu'il ne faut pas faire attendre les dames, Monsieur le Comte !

LE COMTE *sourit.*

Voilà enfin un mot sérieux ! Je ne vous raccompagne pas, Monsieur. Suivant nos conventions, vous êtes chez vous.

Il salue et sort.

LE COMMISSAIRE, *resté seul, soucieux.*

Voilà une affaire, je dirai… épineuse, pour avoir l'air distingué. Il s'agit d'y voir clair, mais de ne pas y voir trop clair. *(Hugueline traverse le salon avec un plateau. Il lui crie soudain :)* Mademoiselle ?

HUGUELINE, *se retournant.*

Oh, Monsieur ! Monsieur m'a fait peur.

LE COMMISSAIRE *s'approche, frisant sa moustache.*

Quel est votre emploi du temps habituel entre cinq et sept ma belle enfant ?

HUGUELINE, *faussement effarouchée.*

Mais Monsieur... *(Elle demande sournoise :)* Monsieur est un invité de Monsieur le baron Jules ?

LE COMMISSAIRE

En quelque sorte, ma belle enfant.

HUGUELINE, *pour qui c'est une référence, minaudante, l'œil assassin.*

Alors... Si je suis affectée au service de la chambre de Monsieur, Monsieur n'a qu'à me sonner...

Elle sort, tortillant de la croupe.

LE COMMISSAIRE, *qui l'a regardée sortir, prodigieusement intéressé.*

Voilà un interrogatoire dont il doit sortir quelque chose... Crénom[1] !... Je dirai... Je crois bien que je ne dirai rien.

Il sort derrière elle, la canne triomphante. Il reparaîtra en bas avec les autres, discrètement, peu après, ainsi qu'Hugueline sans qu'ils semblent se reconnaître. L'Auteur s'est avancé vers le public ; l'éclairage change et se centre sur lui.

L'AUTEUR

Voilà. Jusqu'ici cela pouvait aller. C'était une scène d'exposition[2] où l'on avait appris beaucoup de choses, l'action semblait

---

1. ***Crénom*** : juron.
2. ***Scène d'exposition*** : première scène d'une pièce de théâtre qui présente les personnages de la pièce et le nœud de l'intrigue. Elle offre au spectateur-lecteur un nombre suffisant d'informations pour appréhender la pièce qui va se jouer devant lui.

engagée… Mais allez donc construire la pièce avec ce début-là ! La cuisinière était déjà morte au lever du rideau. Il allait falloir faire un retour en arrière… Ce qui n'est jamais aussi fameux qu'on a la faiblesse de se le figurer quand on croit qu'on découvre ce vieux truc éculé [1]. Ce qu'on a pu en voir des retours en arrière depuis trente ans ! Une littérature de crabes. J'en ai abusé, d'ailleurs, comme les autres. Enfin ça c'est une autre histoire… Alors qu'est-ce que vous auriez fait à ma place ? Pas de retour en arrière ? Mais la cuisinière, un de mes personnages principaux, elle est morte ou elle n'est pas morte ? *(Au fond, Marie-Jeanne est apparue, muette, comme absente, touillant une drogue mystérieuse dans un mortier de bois.)* Continuer la pièce sans la voir, rien que par l'enquête ? C'était possible. C'était même ce qui était sage. Mais cela m'a fendu le cœur. D'abord, je l'aimais cette femme-là. Sur mes petites notes, je l'appelais « Notre Mère la terre ». Vous verrez pourquoi. J'avais aussi noté à son sujet « Les Mains de Jeanne-Marie [2] ». Vous vous rappelez le poème de Rimbaud dans les premiers vers…

Jeanne-Marie a des mains fortes
Mains sombres que l'été tanna…
Ont-elles pris les crèmes brunes
Sur les mares des voluptés ?
Ont-elles trempé dans des lunes
Aux étangs de sérénités ?
Mains chasseresses des diptères [3]…
Mains décanteuses [4] de poisons…
Ces mains n'ont pas lavé les langes
Des lourds petits enfants sans yeux.
Ce ne sont pas mains de cousine

---

1. ***Éculé*** : qui a perdu tout pouvoir à force d'avoir servi.
2. ***« Les Mains de Jeanne-Marie »*** : titre d'un poème de Rimbaud.
3. ***Diptères*** : insectes à deux ailes.
4. ***Décanteuses*** : qui font décanter (séparer dans un liquide les matières solides, par gravité).

Ni d'ouvrières aux gros fronts…
Ce sont des ployeuses d'échines,
Des mains qui ne font jamais mal,
Plus fatales que des machines,
Plus fortes que tout un cheval !…

Il soupire.

Ce que c'est beau !… À force de relire mes notes, j'avais même fini par me figurer que c'était de moi. *(Il vérifie ses notes et soupire comiquement :)* Mais non. C'est de Rimbaud ! *(Il enchaîne :)* La Marie-Jeanne dans mon esprit… *(Il s'exclame soudain :)* Tiens, c'est une idée ! On va l'appeler Marie-Jeanne, c'est mieux qu'Ermeline, vous ne trouvez pas ? *(Il la regarde et murmure attendri :)* La Marie-Jeanne… C'est pour essayer de la faire revivre, pour la sortir du monde vague des idées possibles et lui donner, avec mon faible pouvoir, deux sous de réalité, que j'avais voulu écrire cette pièce… Il ne pouvait donc pas être question de la tuer avant le lever du rideau… *(Les personnages sont tous entrés en silence pendant qu'il parlait. Ils l'entourent, muets, disséminés dans tout le décor, comme inquiets de ce qu'il va décider. Il y a un moment d'angoisse où il est comme cerné par eux, puis il s'exclame :)* Seulement, il y avait ce fichu commissaire dont le ton goguenard [1] était déjà bien gênant. Il compromettait tout l'animal. *(Il dit au Commissaire qui l'écoute, inquiet, à côté de lui :)* Il faut bien en convenir mon vieux…

LE COMMISSAIRE, *vexé.*

Peut-être ! Mais ce n'est tout de même pas moi qui suis venu vous chercher.

L'AUTEUR, *sincèrement navré.*

Je sais bien… Je suis le seul responsable, comme toujours… Moi, j'aurais voulu faire une histoire très simple et très pure, mais je n'y arrive jamais. Et pourtant, j'en ai de la rigueur, tous mes amis vous le diront… Mais je dois en faire autre chose… La littérature,

1. ***Goguenard*** : moqueur.

cela ne m'a jamais paru sérieux. Il faut vous dire que dans une première version, j'avais commencé la pièce par la Marie-Jeanne, seule dans la cuisine au petit matin, qui recevait son fils… C'était bien aussi. C'était un début de pièce plus réaliste et plus poétique à la fois. Moins brillant, mais moins artificiel que le début avec le Commissaire. *(Il prend une décision soudaine.)* Allez ! On va le jouer aussi, l'autre début. Et puis, après, on verra. Évacuez tous le plateau. On joue l'autre début.

Les personnages qui étaient revenus en scène timidement pendant son monologue commencent à sortir, comme à regret.

L'AUTEUR *leur crie.*

Vous reviendrez ! Vous reviendrez ! Vous avez tous des rôles, vous le savez bien. *(Au public :)* Ces comédiens, quand ce n'est pas à eux de parler, ils sont persuadés qu'il n'y a plus de pièce… Voilà. Faites un effort. Essayez de recréer l'atmosphère. Vous voilà dans la grande cuisine fraîche et sombre, le matin de bonne heure… Dans cette odeur indéfinissable et désespérante des cuisines refroidies… Dans la grotte obscure, la vieille fourgonne à ses fourneaux mystérieusement, levée la première… Elle n'est pas seulement cuisinière, elle en sait si long, depuis si longtemps, sur les êtres et sur les choses, elle est un peu sorcière, aussi… Regardez-la, la vieille mère nature, la vieille mère la terre, qui touille lentement, on ne sait quoi, l'œil attentif. Elle sait des formules. Toute petite, elle a appris durement avec une autre vieille, morte depuis longtemps, le secret des sauces merveilleuses et meurtrières. Le secret des sauces et le secret des philtres aussi. C'est presque la même chose… Des philtres pour se faire aimer d'un homme, et des philtres pour faire passer le fruit de l'amour de cet homme après… Ce n'est pas une cuisinière comme les autres. Regardez-la bien. C'est la reine de la grotte. Reine d'ailleurs pour de bon. Elle a une grande couronne dorée qu'elle garde sous un tas de hardes au fond d'un buffet. Elle vous la montrera. Elle la montre à tout le monde quand elle a un verre dans le nez. Elle a vraiment été reine à vingt ans. Reine de beauté. Les plus belles fesses de Nice ! Ils le lui ont dit en lui donnant son prix. Tout cela, c'est passé – surtout les fesses – mais il lui en est resté une antique fierté. C'est la noblesse de la Grotte. Il y en a une aussi, plus rare que celle d'en haut et qui la vaut. Ceux à qui les gens d'en haut ne font pas peur et qui sont princes eux aussi. Ceux qui peuvent traiter d'égal à égal ; sans complexes et sans haine... *(Il confie au public :)* C'est tout de même plus commode de vous expliquer tout ça tranquillement, vous ne trouvez pas ? Ah ! les romanciers ont la partie belle... Ils peuvent parler, eux, à la place de leurs personnages... *(Il reprend :)* Donc, dans ce second début, le petit curé débarque à Paris appelé par sa mère... *(Il crie à l'acteur qui joue le Séminariste :)* Allez-y, mon petit vieux... *(Au public :)* Sa mère l'a fait venir, brusquement du séminaire. Vous allez voir pourquoi. On ne voit d'abord que le bas de sa soutane par le soupirail dans la rue grise, puis il paraît sur le seuil de la porte basse ; ses grandes mains de paysan ballantes au bout de ses manches trop courtes... C'est le bâtard, lui. Il ne sait rien encore, mais il sent obscurément qu'il n'est ni d'en haut ni d'en bas. Cela va être son drame. C'est pour cela qu'il s'est réfugié vers Dieu et qu'il s'est caché sous cette robe. Il sentait qu'il ne pouvait pas être seulement un paysan. Mais Dieu aussi est glacé et muet. C'est un petit qui a tout le temps froid, ce petit-là, et qui ne peut parler à personne...

MARIE-JEANNE *sent la présence du Séminariste*
en haut de l'escalier, elle se retourne
de son fourneau et dit simplement :

Entre... On ne te mangera pas. On ne bouffe pas du curé, ici. *(Il la regarde, muet, du haut des marches, elle continue :)* Du temps de la Vieille il fallait revenir avec son bulletin de messe signé le dimanche, ou sans ça, à la porte ! Elle voulait que ses casseroles elles soient récurées par de bons catholiques. *(Elle dit encore, bourrue s'affairant déjà à sa besogne :)* Entre donc, il y a des courants d'air.

Le Séminariste est descendu. Il pose sa petite valise à ses pieds.

LE SÉMINARISTE

Bonjour, maman.

MARIE-JEANNE

Bonjour, curé. Tu es arrivé par le train de six heures ? Tu as pu dormir ?

LE SÉMINARISTE

Non. Il y avait beaucoup de monde. J'étais debout dans le couloir et je changeais à quatre heures à Vierzon. Là, j'ai eu près d'une heure d'attente, j'aurais pu dormir dans la salle d'attente, mais j'avais peur de rater la correspondance.

MARIE-JEANNE, *goguenarde*.

Tu as toujours peur de tout. Assieds-toi. Je vais te donner du café. Du mien. De celui qu'ils ne boiront jamais, eux, là-haut. *(Elle le sert après avoir nettoyé un coin de la table, bougonne et efficace.)* Tu vois, il y a tout de même une justice sur la terre, pas besoin d'attendre d'être morts comme ils te l'apprennent à ton séminaire. Avec tous leurs millions, entre cette maison où c'est moi qui m'en charge depuis trente ans et leurs hôtels de premier ordre où il y en a d'autres dans mon genre qui les prennent en main, ils auront vécu toute leur vie sans savoir ce que c'était du café frais… Il y a des trous comme ça, dans la vie des riches… Tu veux du beurre ? C'est le mien. La motte fraîche. Eux, il faut qu'ils finissent la vieille.

LE SÉMINARISTE, *gêné*.

Je crois que je n'aurais jamais dû accepter de venir.

MARIE-JEANNE

Tu aurais été bien bête. Tu avais vacances au séminaire avant de partir pour le régiment et l'occasion de gagner quatre sous. C'est toujours des mandats[1] que je ne t'enverrai pas.

---

1. ***Mandats*** : sommes d'argent (un mandat est un titre constatant la remise d'une somme à l'administration des Postes par un expéditeur avec ordre …/…

Le Séminariste

Je ne vous ai jamais demandé d'argent.

Marie-Jeanne

Tu me prends pour qui ? Si mon fils a envie de griller une cigarette dans les cabinets ou de se payer un extra, il manquerait plus qu'il ne le puisse pas. Qui est-ce qui vous fait à manger là-bas ? Un curé ?

Le Séminariste

Non. Une sainte femme.

Marie-Jeanne *grommelle, le servant.*

Je vois ça d'ici. Ça doit être bon ! Prends de la marmelade d'orange. On mange ça, aussi, le matin, chez les gens riches. On a besoin de se soutenir. Ça fatigue de rien faire, ils sont toujours à courir quelque part. *(Elle ouvre un pot.)* Non. Celle-là est trop cuite. Ça sera pour eux. Je vais te faire engraisser moi, ici, grande asperge.

Le Séminariste

Qu'est-ce que vous leur avez dit ?

Marie-Jeanne, *travaillant en parlant,*
elle ne s'arrête jamais.

Pas que tu étais mon fils, bien sûr… Pas si bête. Le fils de la cuisinière, ils auraient tout de suite pensé que ça ne pouvait pas leur vendre du bon latin. Quand l'abbé Duthail a dit qu'il devait aller soigner son frère dans son pays, ils ont commencé à s'affoler. Il fallait tout de suite écrire à l'Évêché qu'on leur recommande quelqu'un de très bien. Les chers petits, si pendant ces deux mois d'absence c'était pas du très bon latin qu'on allait leur ingurgiter ? Un curé inconnu qui saurait pas à qui il avait affaire et qui leur

…/… de la verser à un destinataire, sans qu'il y ait de transfert matériel des fonds).

© Agence Bernand

■ Le Séminariste (Delphin) et Marie-Jeanne (Christine Melcer) dans la mise en scène d'Yvan Garouel (1997).

apprendrait du latin de pauvre ? Que ça leur resterait après pour toute la vie aux chers mignons… Il fallait prendre d'énormes précautions. Chacun a donné son avis. A promis d'écrire à tous ses amis. Justement le baron Jules il avait rencontré le nonce[1] dans un thé, tu vois que ça tombait bien. Quinze jours après, ils se disputaient encore et ils n'avaient toujours rien décidé. Alors moi, un matin, en portant mes comptes, j'ai dit : « Si Madame la Comtesse cherche encore, il y a le fils d'une grosse rentière de mon pays. Je l'ai connu tout petit, il en est justement à sa troisième année de séminaire… » Ça leur a ôté un grand poids. Ils n'avaient plus à chercher par eux-mêmes, enfin !… *(Elle retourne à son fourneau.)* Seulement, c'est comme pour le café. Ils ne sauront jamais que c'est mon vieux réchauffé qu'ils vont boire.

LE SÉMINARISTE *s'est dressé.*

C'est indigne ! Je ne veux pas rester ! C'est un mensonge.

MARIE-JEANNE *le scrute, les yeux durs.*

Comment tu crois qu'on vit, curé ? Comment tu crois qu'on l'arrache aux autres, sa vie ? Dans ton séminaire – tout neufs que vous êtes – vous dites toujours tout ? Tu dis toujours tout, toi ? À ton cher copain de dortoir dont tu m'as parlé – qui est si beau et si riche, et qui pourtant a choisi Dieu et la pauvreté – tu m'as dit, moi ? *(Le Séminariste ne répond pas.)* Réponds. Vos deux soutanes noires, c'est les mêmes ?

LE SÉMINARISTE, *sourdement.*

Oui.

MARIE-JEANNE

Vos deux lits, ils sont pareils ? La petite cuvette d'eau froide, le matin, il n'y en a qu'une pour vous deux ?

---

1. ***Nonce*** : représentant du pape auprès d'un gouvernement étranger.

LE SÉMINARISTE

Oui.

MARIE-JEANNE

Et vous avez tous les deux décidé de servir les pauvres du bon Dieu. Tu lui as dit pourtant, que tu étais le fils d'une bonne ?

LE SÉMINARISTE, *sourdement.*

Non.

MARIE-JEANNE

Alors, fais donc pas de manières. Grappine[1] ce que tu peux grappiner ici, avant de partir soldat, voilà tout. Et n'aie pas peur. Si par hasard on se rencontre le matin, quand je monte là-haut porter mes comptes, je t'appellerai Monsieur l'Abbé.

Entre Adèle, la fille de cuisine.

MARIE-JEANNE *lui crie.*

Alors ? C'est à cette heure-ci que tu descends, toi ? Du temps de la Vieille, à six heures on était déjà en train d'astiquer les cuivres et à sept elle te sonnait pour ramasser un morceau de papier si elle avait raté sa corbeille en faisant son courrier, après sa messe. C'était une femme qui savait vous apprendre la vie. Quand elle est morte on a cassé le goulot à trois bouteilles de vieux bordeaux à l'office pour fêter ça, mais je lui tire tout de même mon bonnet. Avec cette femme-là on savait où on allait et on descendait à l'heure.

ADÈLE *murmure.*

J'étais malade.

MARIE-JEANNE

Du temps de la Vieille, les domestiques c'était pas malade. Ça le savait et le sachant, ça ne s'en portait pas plus mal. Maintenant les

---

1. ***Grappine*** : mets le grappin sur, empare-toi de.

bonnes, ça a des migraines, comme les dames. Ça veut absolument des petits cachets. Et le médecin pour un pet en travers. Déchausse-toi et lave ta cuisine. Ça le remettra droit celui qui te gêne ! C'est comme ça qu'on s'est toujours soignés, nous autres.

ADÈLE

Je n'ai rien demandé.

MARIE-JEANNE *lui jette un bol sur la table.*

Bois ton café. Ça, tu y as droit.

ADÈLE *a un hoquet de dégoût.*

Je ne pourrais pas.

MARIE-JEANNE

Mademoiselle est écœurée ! Mademoiselle veut peut-être qu'on appelle le médecin ? Depuis la nouvelle Madame, il y en a un pour nous, prévu. Pas celui d'en haut qui est trop cher. Un autre, qui est un peu vétérinaire. Tu veux qu'on envoie le petit le chercher ?

ADÈLE *a un cri d'effroi,*
les mains sur son ventre soudain.

Non. Je ne veux pas du médecin.

MARIE-JEANNE, *l'œil soudain perçant.*

Toi, ma petite… *(Elle l'attire à elle, la scrute, les yeux durs.)* C'est bon. On reparlera de ça quand on sera seules. Mets-toi à ta cuisine. Et vomis si tu en as envie. Ce que tu as, les filles n'en meurent pas. *(Une sonnerie, elle va au tableau.)* Qu'est-ce qu'ils ont ? Ils sont tombés du lit ce matin ? Ah ! C'est la Sucrée ! Elle doit vouloir savoir si tu es arrivée. Déjà quatre jours sans latin, les mignons. Il faut comprendre ; ça l'angoisse, cette femme-là. Viens. Tu diras que je t'ai servi ton café dans le petit salon du rez-de-chaussée. Dorénavant, c'est là-haut que tu l'auras, Monsieur l'Abbé. Et du réchauffé, comme les autres. Le vrai café de la mère Joseph, ça ne monte jamais au premier. *(Elle se coiffe bourrue.)* Je mets mon bonnet pour monter, ça leur sert à se persuader qu'il ne leur tombe jamais de cheveux dans leur soupe.

LE SÉMINARISTE, *la suivant.*

Comment sont les enfants ?

MARIE-JEANNE, *sortant.*

Cons. Comme tous les enfants.

Ils sont sortis. Le Séminariste et Adèle ayant à peine osé se regarder. Quand il est parti, elle court à la porte et l'entrouvre pour le regarder de loin. Puis, elle se déchausse et pieds nus commence à laver la cuisine à grande eau.

Marcel est entré, il la regarde un instant laver, la croupe tendue.

MARCEL, *doucement.*

Oh ! la jolie petite fille ! Je ne vous comprends pas, moi, Adèle… Faire ce travail-là qui est fatigant et malpropre, quand vous pourriez servir des belles petites consommations, dans un joli petit bar plein de lumière à Oran[1]. C'est vrai, c'est bête !

ADÈLE, *sourdement,*
lavant toujours à quatre pattes.

Je suis bête.

MARCEL

D'habitude on ne s'en vante pas. Et puis vous croyez que c'est gentil pour ceux qui se donnent du mal pour vous ? Moi, vous me plaisez. Je vous l'ai dit. Je ne vous plais pas, bon. Je ne force personne. On reste amis. Mais je m'étais donné la peine de parler de vous à un bon copain à moi qui a des relations avec le patron d'un joli bar là-bas et qui justement cherchait quelqu'un… On prend un verre ensemble un dimanche, pour faire connaissance.

---

1. ***Oran*** : ville d'Algérie.

Il est bien poli, bien convenable ; il vous dit qu'il croit que ça pourrait faire l'affaire, qu'il va écrire à son ami. Et puis maintenant qu'il a écrit, voilà que c'est non ! De quoi j'ai l'air, moi ? Il faut se mettre à la place des autres.

ADÈLE

Je rembourserai le timbre. Je ne veux pas aller dans un pays où je ne connais personne.

MARCEL

C'est si vite fait, des connaissances ! Et puis, il y a les autres jeunes filles qui servent là-bas. Vous ne seriez pas seule.

ADÈLE

J'aime pas les nouvelles têtes.

MARCEL

On dit ça ! Mais les anciennes, vous croyez que c'est gai ? Toujours le père Romain, la mère Joseph, Léon, Hugueline et moi. Et je ne parle pas des singes ! Pouah ! Ah, moi, si on m'offrait une occasion – seulement de ne plus me voir, moi ! *(Il se regarde dans son miroir de poche, grimaçant.)* Quelle tête ! Je me suis encore crevé cette nuit. Le vieux était au cercle. La Sucrée, elle m'a sonné deux fois – sous des prétextes – comme on dit dans les journaux.

ADÈLE *lui crie.*

Je ne veux pas les savoir, vos histoires ! Et puis, d'abord, ce n'est pas vrai. Si c'était vrai vous ne le diriez pas !

MARCEL

Pourquoi ? Coucher avec son valet de chambre c'est peut-être déshonorant, mais coucher avec sa patronne, ça ne l'est pas. *(Il lui montre une pièce d'or.)* Si c'était pas vrai, d'où ça viendrait, ça ? Il faut que tu t'échines tout un mois pour en gagner une comme ça, ma petite ! Au petit bar d'Oran dont je te parle, rien qu'avec les pourboires, tu t'en ferais une tous les huit jours. *(Il lève un doigt.)* Si c'est pas plus quand on sait s'y prendre, ils m'ont dit. *(Un temps. Il ajoute, nonchalant :)* Mais dame, il faut s'expatrier ! Et la patrie il y en a qui l'ont collée à leurs semelles. Remarque que je ne les blâme pas. Je suis pour le Général. Moi aussi, je suis patriote… *(Il sort nonchalant, fredonnant « En revenant de la Revue*[1] *». Il s'arrête sur le seuil.)* On en reparlera… Mon copain a dit que son ami il attendrait votre réponse avant d'en engager une autre. Il tient à vous, cet homme, on lui en a tellement parlé. Une petite jeunesse travailleuse, pas vilaine, honnête… Il faut pas croire qu'il y en a tellement non plus ! Vous – du point de vue français là-bas – vous êtes une valeur-or, comme dit Monsieur Poincaré[2]. *(Il ajoute doucement, mystérieux.)* Mais dame, il faut s'expatrier ! Remarquez que quand rien ne vous attache, ce n'est pas plus mal. On oublie qui on est. C'est bon aussi, parfois.

Il est sorti par l'escalier du fond. Elle continue à laver par terre, farouchement. Le petit Alexis entre avec ses légumes qu'il commence à éplucher.

ADÈLE *crie au petit.*

Tu ne vas pas commencer à salir ma cuisine, toi !

LE PETIT

Faut bien que j'épluche !

---

1. ***« En revenant de la Revue »*** : chanson écrite par Léon Garnier sur une musique de Desormes, interprétée pour la première fois par le chansonnier Paulus le 14 juillet 1886, en hommage au général Boulanger (1837-1891), chef de file du mouvement revanchard après la défaite de 1870 de la France contre l'Allemagne.

2. ***Raymond Poincaré*** (1860-1934) : homme d'État français, président de la République de 1913 à 1920. Rappelé au gouvernement en 1926, il mena une politique d'austérité financière et remplaça, en 1928, le franc Germinal (ou franc-or, les pièces de vingt et quarante francs étant frappées d'or) par le franc Poincaré, d'une valeur cinq fois moindre. Par cette référence, Marcel souligne combien Adèle, prostituée blanche, sera appréciée en Algérie.

Adèle

Épluche, mais n'en mets pas par terre, ou tu auras ma main sur la figure !

Le Petit

Vous pensez tous qu'à me bourrer de coups.

Adèle

Tu es le plus petit. Moi aussi j'ai commencé comme ça. J'ai été placée à douze ans. Des gifles, j'en ai eu plus que de morceaux de viande.

Le Petit

C'est pas vrai. Vous, vous êtes bonne. Quand j'étais malade, vous m'avez soigné.

Adèle, *dure.*

Tu n'es plus malade. Et je ne gagne pas assez pour être bonne. Fais ton travail et ne salis pas ma cuisine, si tu tiens à la peau de tes fesses. Quand tu seras grand, tu en battras un plus petit. C'est ça la justice. Et c'est ni toi ni moi qui la changerons.

Le Petit épluche en silence, accroupi par terre.
Adèle brosse sa cuisine.

L'Auteur *s'avance.*

Comme ça, cela ne se présentait pas mal non plus… on avait déjà deviné la Vieille, le petit curé et Adèle. Sans compter cette petite crapule de Marcel… Mais lui, c'est un personnage facile… Les filles et les barbeaux [1] de nos jours, c'est devenu nos bergers et nos bergères. On travaille dans la belle convention… Mais Adèle et le petit curé, cela risque d'être plus difficile. Vous avez remarqué comme ils se sont regardés, comme honteux, sans oser se regarder vraiment pendant cette scène où ils n'avaient rien à se

1. ***Barbeaux*** : maquereaux (familier et vieilli).

dire… Ils sentaient déjà obscurément qu'il allait y avoir quelque chose entre eux… *(Il la regarde travailler attendri, il murmure :)* Ah, Adèle ! C'est ma tristesse et mon remords. Tout ce qui va lui arriver, je le porte sur mon dos comme une honte. Je n'aurais peut-être pas dû lui parler ; je n'aurais peut-être pas dû lui faire comprendre certaines choses ; cela aurait été plus simple pour elle… Regardez-la, pieds nus, sur ses gros pieds de paysanne, qui lave furieusement sa cuisine avec ce petit dans son ventre, Dieu sait de qui, dont elle a honte. Elle a commencé comme ça à douze ans. Tout de suite après les taloches du père, les taloches de ses patronnes – des petites bourgeoises de rien du tout, les plus mauvaises, celles qui n'en ont qu'une à martyriser. Elles se sont chargées de lui apprendre qu'il fallait la payer en nature, sa soupe. Les gages, ce n'est rien ; c'est en plus. L'homme, il faut qu'il fasse payer l'homme en nature. C'est la loi, sous tous les régimes. Et ça ne changera jamais, ça vient du fond des âges… C'est pour elle ; c'est pour lui rendre un hommage qu'elle n'aurait même jamais su dans sa misère, que j'aurais voulu écrire cette pièce et que ce soit une belle pièce.

Et puis, il n'y avait pas qu'elle. Tous les personnages étaient importants dans cette histoire. C'est pour ça que je n'arrivais pas à l'écrire. Il aurait fallu un sujet de pièce, avec tous ses développements, pour chacun d'eux… *(Depuis un moment, le Commissaire qui est entré lève un doigt comme un enfant qui veut poser une question à l'école. L'Auteur s'aperçoit de son manège.)* Et le Commissaire qui s'impatientait, qui voulait parler lui aussi, continuer son enquête…

LE COMMISSAIRE

Qu'est-ce que vous voulez ? D'abord, c'est humain. Et puis si vous voulez me permettre d'avoir une idée…

L'AUTEUR, *un peu découragé soudain du tour que prennent les choses.*

Allez-y. Au point où nous en sommes…

Le Commissaire

Le côté policier n'est-ce pas, vous me direz que je suis orfèvre. *(Il pouffe.)* Orfèvre comme le quai ! Elle est bonne, celle-là [1] ?

L'Auteur, *froid*.

Non. C'est avec des mots comme ça que je me suis perdu.

Le Commissaire, *vexé*.

Passons ! C'est un fait, le côté policier, ça plaît toujours. Je me demande pourquoi vous y renoncez délibérément. Le public, pour qu'il ne s'ennuie pas… Remarquez que ce que vous dites de général, là, tout le temps, sur ce que vous avez senti ou pas senti, ça a une certaine valeur bien sûr ; c'est… je dirai profond et poétique ; dans un certain sens, mais le public, lui, ce qu'il veut, c'est avoir quelque chose à se demander tout le temps, sans ça il s'ennuie. C'est un petit curieux, le public. Ce qui l'excite, c'est de se poser des questions. C'est le suspense.

Il prononce très mal.

L'Auteur, *supérieur*.

Si vous saviez comme je peux m'en moquer, moi, mon pauvre ami, du suspense.

Le Commissaire, *sentencieux*.

Vous avez tort. Il y en a bien un dans *Œdipe roi*. Et Eschyle ; vous ne pouvez pas le nier tout de même ; comme confrère !…

L'Auteur, *de très haut*.

Œdipe roi, c'est de Sophocle [2]. Mais où avez-vous lu ça, vous ?

---

1. Le 36 quai des Orfèvres est l'adresse d'un des bâtiments les plus célèbres de la police judiciaire de Paris, situé sur l'île de la Cité, dans le Ier arrondissement.

2. *Sophocle* (v. 496-v. 406 av. J.-C.) et ***Eschyle*** (v. 525-v. 456 av. J.-C.) : poètes tragiques grecs ; le premier est l'auteur d'*Œdipe roi*.

Le Commissaire, *modeste.*

Dans un train. Quelqu'un qui l'avait oublié sur une banquette. *(Il ajoute :)* Une petite qui était bien roulée, d'ailleurs. On se demande pourquoi elle lisait ça. Une étudiante sans doute... Mais enfin, c'était pour vous dire que c'est pour ça – pour le suspense – que les pièces policières, c'est toujours infaillible, même si c'est écrit en tchécoslovaque et pensé en bas-breton. Le public, tant qu'il ne sait pas qui est le coupable – et on ne le lui dit qu'à la fin, pas si bête – il est là à tirer la langue. On le tient, le public ! *(Il a un geste.)* Comme ça. Dans votre histoire, il y a tout de même un meurtre, bon sang ! Il faut en profiter. Je le connais, moi, le public, il se dit en ce moment – je dirai *in petto* [1] : « C'est très joli tout ça, mais enfin, qui c'est qui l'a tuée, la cuisinière ? »

L'Auteur, *qui s'est assis dans un coin, ennuyé.*

Boh ! Ça ne m'intéresse pas beaucoup, ça, moi, mon vieux. C'est un détail.

Le Commissaire

Vous êtes drôle ! Un meurtre, c'est jamais un détail. Surtout pour la victime. Et puis les gens que vous avez fait venir ici pour passer leur soirée et qui ont payé leur place, si c'est ça, eux, qui les intéresse ? D'abord, entre nous, qui c'est qui l'a tuée au juste, cette femme-là ?

L'Auteur, *qui a décidé de se désintéresser de tout et allume une cigarette, méprisant.*

Eh bien ! allez-y, mon vieux ! Allez-y donc, puisque cela vous démange. Jouez-les, vos autres scènes. Faites votre enquête. Interrogez. Vous finirez peut-être par le découvrir, le coupable, et vous me le direz.

1. ***In petto*** : intérieurement.

LE COMMISSAIRE

D'accord ! Je passe tout de suite à l'interrogatoire du petit.

L'AUTEUR, *très ponce pilate.*

Si vous voulez. Interrogez le petit. C'est du temps perdu, mais je m'en lave les mains. Je vous dis tout de suite que ce n'est pas ça la vraie pièce… *(Au public :)* Il était gentil aussi le petit. Encore un personnage qui aurait valu à peine qu'on s'occupe un peu plus de lui. Vous verrez à quoi il sert à la fin. Lui, c'est le pardon de la Grotte. Celui qui la fait éclater, comme l'enfer dans le conte hindou ; quand le jeune prince, riche et beau, qui le visite, décide de prendre la place d'un des damnés… Oui, vous l'aurez, votre lueur d'espoir à la fin, rassurez-vous. Par son courage et sa fraîcheur d'âme, le petit, qui est le plus humble et le plus désarmé de tous, arrivera tout de même à supprimer la Grotte… *(Il crie à Adèle qui lave toujours :)* Vous voulez nous laisser le plateau, ma petite, un moment ? Il va faire sa scène avec le petit. Vous, vous êtes déjà partie pour Oran quand elle a lieu. Je vous rappellerai.

Adèle essore posément sa serpillière, range son seau et son balai, ramasse ses souliers et sort, soumise.

L'AUTEUR, *la regardant partir, murmure, attendri.*

Elle ne dit jamais non, vous voyez. Elle n'a jamais appris à dire non, la pauvre. Elle obéit voilà tout. Elle obéira jusqu'à la fin. *(Au Commissaire :)* Allez-y mon vieux, mais bâclez-nous ça vivement qu'on en arrive à l'essentiel.

Le Commissaire feint d'entrer dans la cuisine où l'éclairage a changé sur le petit qui épluche toujours ses pommes de terre dans son coin.

LE COMMISSAIRE, *jovial.*

Alors que ce soit le lundi ou le mardi, que ce soit le matin ou le soir, toi, en somme, tu épluches toujours tes légumes ! On peut assassiner tout le monde dans la maison, toi, tu t'en fous ! tu épluches.

LE PETIT, *sans trace d'amertume.*

Depuis que je suis ici, j'ai jamais fait que ça. C'est qu'il en faut pour une grande maison ! Six maîtres, sept domestiques, l'abbé, les chiens et les invités. Ils me disent toujours : « Alors, tu as bientôt fini, feignant ? » Je suis pas feignant. Mais une pomme de terre, si vous voulez faire les épluchures fines, ça prend du temps. Et moi j'aime pas saboter l'ouvrage.

LE COMMISSAIRE

Tu sais, une fois en purée, mon garçon, les pommes de terre !

LE PETIT, *doucement.*

Ça ne me regarde pas, moi, ce qu'on en fait après. J'épluche comme on doit éplucher, voilà tout. Je ne peux pas voir un œil [1] dans une patate ; ça me rend malade.

LE COMMISSAIRE

Je vois. Tu fais ça en artiste ! Moi, au régiment, j'avais la main. Je t'expédiais mon tas en dix minutes. *(Il tire un couteau de sa poche et s'accroupit auprès du petit.)* Tiens, passe-m'en donc une ! Je vais te donner un coup de main. J'ai du temps de libre ce matin.

LE PETIT,
pendant qu'ils épluchent tous deux.

Qu'est-ce que vous faites ici, vous ?

1. ***Œil*** : ici, trou qui se forme dans la pomme de terre à l'endroit où pousse un germe.

LE COMMISSAIRE

Tu vois, je me promène. Je bavarde. Je me renseigne.

LE PETIT

Et c'est votre métier ?

LE COMMISSAIRE

Oui.

LE PETIT

C'est un bon métier. Pas fatigant.

LE COMMISSAIRE

Ne crois pas ça. La tête travaille. Et le travail de la tête, c'est le plus dur.

LE PETIT

On dit ça ! Mais on n'a jamais sué de la tête. *(Il s'exclame :)* Dites donc, vous me les gâchez ! Regardez ce qu'il en reste de votre patate !

LE COMMISSAIRE

Au régiment, c'était le calibre. Grosses ou petites, on les faisait comme ça.

LE PETIT, *sévère.*

Ici, on n'est pas au régiment. Si vous êtes pas fichu de travailler proprement, laissez-moi faire tout seul.

LE COMMISSAIRE

Compris, chef. Celle-là, je vais te l'éplucher fine comme du papier à cigarette. *(Il épluche avec application, il demande :)* Dis-moi, tu l'as bien connue, toi, Adèle, du temps qu'elle était là ?

LE PETIT

Bien sûr.

LE COMMISSAIRE

Comment elle était, cette fille-là ?

LE PETIT

Blonde, plutôt châtain.

LE COMMISSAIRE

Non. Je veux dire, moralement. Bonne fille ?

LE PETIT

Oui.

LE COMMISSAIRE

Et elle courait un peu par-ci, par-là, avec les autres ? *(Le Petit le regarde.)* Moi, je dis ça, tu sais… Je n'en sais rien.

LE PETIT

Si vous ne savez rien, alors ne le dites pas. Ou si c'est pour dire du mal des autres, laissez mes patates.

LE COMMISSAIRE

C'est bon. Ne te fâche pas. Tu ne dis jamais du mal des autres, toi ?

LE PETIT, *fermé*.

Non.

LE COMMISSAIRE

Pourtant à ce que j'ai compris, ils ne te les ménagent pas, les torgnoles[1], les autres. La Vieille, celle qui est morte, elle était gentille avec toi ?

LE PETIT, *fermé*.

Oui.

---

1. ***Torgnoles*** : coups, gifles (familier).

Le Commissaire

C'est drôle. Je croyais avoir entendu dire que tu l'appelais la vieille vache. C'est bien elle que tu appelais comme ça ?

Le Petit

Elle est morte maintenant. Et je ne dis rien jamais rien sur les morts.

Le Commissaire

Tu sais, les morts, c'est des anciens vivants. Un salaud mort, ça ne fait pas un saint. Et Léon le cocher ? Tu ne vas pas me dire qu'il était gentil, celui-là ? *(Il lui montre sa pomme de terre.)* Comment vous la trouvez celle-là, chef ?

Le Petit *examine gravement la pomme de terre.*

Un peu mieux. Mais vous n'avez pas les mains propres. Et la pomme de terre ça ne trompe pas. Si on ne s'est pas lavé les mains avant, ça devient tout gris en épluchant, comme la vôtre.

Le Commissaire, *penaud.*

Remarque qu'on les lave après, les pommes de terre.

Le Petit

Autant se laver les mains avant. C'est un raisonnement de feignant.

Le Commissaire

C'est bon. Je vais me laver les mains, chef. *(Il va à l'évier se laver les mains et demande négligemment :)* La Vieille et le Léon, tu les avais vus se battre, toi ?

Le Petit, *fermé.*

Des fois.

Le Commissaire

Ils ne s'aimaient pas, hein ?

LE PETIT

C'est pas parce qu'on cogne qu'on ne s'aime pas.

LE COMMISSAIRE, *qui revient, s'essuyant les mains à son mouchoir.*

C'est vrai, d'ailleurs. Tu en sais plus long que tu n'en as l'air. Et je suis sûr que si tu voulais parler… Tu crois qu'il était capable d'un mauvais coup, le Léon ? C'est pas parce que tu me le diras que ça lui fera du tort, tu sais. D'abord, il a un alibi. Tu sais ce que c'est qu'un alibi ?… Seulement, nous autres, on aime bien savoir les impressions. C'est pour ça qu'on bavarde un peu avec tout le monde… Mais tu penses bien qu'on n'arrête pas les gens sans preuves. Son couteau, il le sortait des fois ? Il s'amusait à en faire peur aux autres, on m'a dit. Est-ce qu'il savait seulement le lancer, son couteau, ce gros lourdaud-là ? Tiens, regarde la patate, la grosse à droite sur ton tas. *(Il lance son couteau.)* Comme ça !

LE PETIT, *soudain admiratif.*

Oh ! dites donc ! Où est-ce que vous avez appris ça, vous ?

LE COMMISSAIRE, *faussement modeste.*

Dans la police, on sait tout faire.

LE PETIT

Alors pourquoi vous les arrêtez, les autres ? *(Il a été prendre le couteau.)* D'abord votre lame, elle dépasse la main. C'est interdit. Et si j'allais vous dénoncer, moi, qu'est-ce que vous diriez ? *(Il lui rend son couteau.)* Allez, ça va pour cette fois ! Tâchez de m'en faire une bonne douzaine – et fines – pendant que je remonte mes carottes et mes navets de la cave. On va voir de quoi vous êtes capable, avec votre cran d'arrêt illégal.

Il sort, laissant le Commissaire un peu penaud et qui se remet à éplucher mélancoliquement ses pommes de terre. Hugueline entre soudain, descendant un plateau d'en haut.

HUGUELINE

Oh ! pardon, Monsieur ! Je ne pensais pas que Monsieur était là. Dans la cuisine.

LE COMMISSAIRE, *qui s'est levé, confus.*

Moi non plus. Enfin je veux dire, je passais par hasard. J'ai vu ces pommes de terre. J'adore éplucher les pommes de terre. Je dirai : une fantaisie. Ma foi, je n'ai pas pu me retenir. On est bête, hein ?

Il rit niaisement.

HUGUELINE *minaude.*

Hier non plus vous n'avez pas pu vous retenir. Vous savez que c'est très mal élevé, votre façon de vous conduire ?

LE COMMISSAIRE

Allons donc ! J'avais – je dirai, professionnellement – quelques questions à vous poser.

HUGUELINE, *provocante.*

Oui… Oui. On commence par poser des questions et après on pose ses mains un peu partout. Vous savez que je n'aime pas du tout ça ?

LE COMMISSAIRE, *qui se rapproche.*

Je n'arrive pas à le croire ma belle enfant. Dans la mondaine, nous avons l'expérience des femmes. Le baron Jules, il se gêne peut-être, à ce que j'ai compris ?

HUGUELINE, *serrée de près.*

C'est mon patron, lui, c'est pas pareil.

LE COMMISSAIRE

Dites-moi, c'est un peu… je dirai : féodal, votre raisonnement. Le droit de cuissage[1], alors, ça existe encore dans les grandes maisons ?

---

1. ***Droit de cuissage*** : droit qu'avait le seigneur de passer la jambe dans le lit de la femme d'un serf pendant la nuit de noces. Par extension, droit du seigneur à avoir des relations sexuelles avec la femme d'un serf.

HUGUELINE, *insinuante.*

Et puis, il est très généreux, lui.

LE COMMISSAIRE, *un peu défrisé.*

Oui. Je vois. Ça, c'est un raisonnement plus moderne. Vous savez, ma belle enfant, moi je fais mon métier en ce moment. Et les notes de frais sont extrêmement réduites à la Préfecture. Il ne faut pas se monter la tête avec moi… Et puis, n'oubliez pas que si je voulais être, je dirai, pointilleux, je pourrais ennuyer pas mal de monde ici. Un bon petit interrogatoire dans les formes Quai des Orfèvres, avec un confrère un peu consciencieux, ça n'a jamais été très drôle. Tandis qu'un bavardage amical…

HUGUELINE, *inquiète.*

Dites donc, je n'ai rien fait, moi.

LE COMMISSAIRE

Sait-on jamais si on n'a rien fait ? Et puis même ; ça resterait à prouver, mon enfant ! Et prouver qu'on n'a rien fait – quand on n'a rien fait – c'est encore plus difficile que quand on a fait quelque chose.

HUGUELINE, *atterrée.*

Ça alors !…

LE COMMISSAIRE

Oui, parce que quand on est coupable, on a du moins des points de repère. Tandis que la vérité, c'est vague. *(Il se rapproche.)* Tu as compris, ma beauté ?

HUGUELINE, *vaincue.*

Avec vous, c'est pas difficile de comprendre. *(Elle ajoute :)* Moi qui vous aurais cru plutôt gentil…

LE COMMISSAIRE, *doucement ambigu.*

Dans la police, ça ne veut rien dire. *(Il la prend dans ses bras et demande :)* Dites-moi, mon cœur, Monsieur le Comte, on m'a dit qu'autrefois il était… je dirai : au mieux avec la victime. C'est vrai ça ? *(Hugueline éclate de rire. Il demande vexé :)* Pourquoi ris-tu ?

HUGUELINE

La victime ! Vous avez des façons d'appeler les gens. Vous savez, moi, ce qui s'est passé à cette époque… J'étais pas née.

LE COMMISSAIRE

Et depuis, jamais ?

HUGUELINE

Vous voulez rire ? Il pouvait se payer autre chose, Monsieur le Comte.

LE COMMISSAIRE, *finaud.*

Avec toi ?

HUGUELINE, *vaguement déçue.*

Oh non ! Il n'a jamais eu d'histoire dans la maison.

LE COMMISSAIRE

Le petit curé, c'est vrai que personne ne savait qui il était ici ?

HUGUELINE

En haut, je ne sais pas ; mais en bas, on l'a su tout de suite. Elle le bousculait, mais elle en était assez fière au fond, que son fils il soit instruit, la vieille.

LE COMMISSAIRE

Il l'aimait bien, sa mère, le petit curé ?

HUGUELINE

On ne pouvait pas savoir ce qu'il aimait. Toujours bizarre. Et puis, je ne me suis jamais beaucoup occupée de lui. D'abord les soutanes, moi, de penser qu'il y a un homme dessous, c'est pas que je sois bégueule, vous voyez bien, mais ça me défrise.

LE COMMISSAIRE, *qui la tripote toujours distraitement.*

Et la Adèle, ça la défrisait aussi ?

HUGUELINE

Oh ! cette idiote ! Allez savoir ce qui la défrise et ce qui ne la défrise pas. *(Elle ajoute :)* Remarquez que lui, il n'était pas encore un vrai curé ! Il nous l'avait expliqué une fois. Il n'avait pas encore vraiment dit oui.

LE COMMISSAIRE

Tu les avais entendus parler ensemble, des fois ?

HUGUELINE

Une fois. J'avais écouté derrière la porte... Ils ne se disaient jamais grand-chose, vous savez. Des bouts de mots, comme ça dans les couloirs quand ils se rencontraient.

L'AUTEUR *qui les écoutait d'un portant bondit soudain sur scène, exaspéré.*

Arrêtez-vous, mon vieux, nous perdons notre temps ! Ça ne peut nous mener à rien, votre façon de procéder. Mettez-vous donc une bonne fois dans la tête qu'Adèle est déjà à Oran, que le petit curé s'est enfui on ne sait trop où, tout de suite après le drame... Alors vos interrogatoires, ça ne fera pas avancer ma pièce...

LE COMMISSAIRE, *vexé.*

C'est pourtant une méthode qui a fait ses preuves. Enlacer les témoins dans un filet de questions, un par un. Superposer ensuite, comme des grilles, ces différents interrogatoires ; et grâce à la méthode de déduction logique, arriver...

L'AUTEUR

Arriver à quoi ?

LE COMMISSAIRE

À avoir un coupable. Moi, je ne sors pas de là. Qui c'est qui l'a tuée la cuisinière ?

L'AUTEUR, *décidé.*

Bon. Maintenant, je vais faire usage de mon autorité. Qui est l'auteur de cette pièce ? Vous ou moi ?

LE COMMISSAIRE, *narquois.*

De quelle pièce ? Il n'y en a pas encore.

L'AUTEUR

Mon ami, je vous conseille de ne pas faire le malin. Ou je vous fais rappeller à la Préfecture. Un coup de téléphone et on m'envoie un autre inspecteur moins encombrant.

LE COMMISSAIRE

Ce serait contraire à toutes les règles de la construction dramatique.

L'AUTEUR

Au point où j'en suis, les règles de la construction dramatique, vous pensez bien que c'est le cadet de mes soucis. Il faut en sortir par d'autres moyens. Ce que je veux, moi, entendez-moi bien – et j'ai bien le droit d'avoir une idée de temps en temps ? – c'est faire rencontrer la petite et le séminariste, la première fois où ils se sont dit qu'ils s'aimaient. C'est ça les bonnes scènes. *(Il va les chercher dans la coulisse.)* Venez, vous deux. Ça s'est passé où ?

ADÈLE

Quoi ?

L'AUTEUR

Votre scène d'amour.

ADÈLE, *dans un cri.*

Mais on n'a jamais eu de scène d'amour ! Je vous défends de faire croire ça à tout le monde !

L'AUTEUR

Ça me regarde. Je vous demande où ça s'est passé votre première conversation avec lui, si vous préférez. Dans la cuisine ?

ADÈLE

Oui.

L'AUTEUR, *au Séminariste.*

Vous étiez descendu dans l'espoir de la rencontrer ?

LE SÉMINARISTE, *honteux.*

Oui. C'est-à-dire... Je voulais demander une tisane ; j'avais pris froid et je répugnais à me servir des sonnettes pour mon usage personnel... Mais dans le secret de mon cœur, j'espérais la rencontrer, oui...

L'AUTEUR, *à Adèle*
qui a commencé à ôter ses souliers.

Qu'est-ce que vous faites, vous ? On va commencer votre scène.

ADÈLE, *doucement.*

Je me déchausse. J'étais en train de laver cette fois-là encore... Il fallait toujours la relaver, cette cuisine. Et c'est justement parce que j'étais pieds nus pendant qu'il me parlait que j'ai senti... *(Elle éclate soudain.)* Oh ! c'est trop laid ! C'est trop laid ! Vous n'avez pas le droit de reparler tout le temps de ça. C'est à moi, tout ça. C'est mon secret. Et il me fait trop honte. C'est presque comme si c'était un curé, vous comprenez, avec sa robe. Et hier encore, l'autre est remonté dans ma chambre. Je m'étais enfermée, mais il a démonté le verrou avec son couteau et je n'ai pas osé crier à cause des autres. J'aime mieux accepter tout de suite de m'en aller à Oran ! Au moins, je ne gênerai plus personne.

L'AUTEUR, *désespéré.*

Quelle mentalité ! Qu'est-ce que vous voulez faire avec des personnages comme ça ! Mais vous ne comprenez donc pas que c'est complètement idiot ce que vous dites ? Ce n'est même plus de la psychologie. C'est de la bouillie de chat. De quoi je vais avoir l'air, moi ? *(Il explose.)* Ça fait russe [1] ! On n'acceptera jamais un personnage comme ça à Paris.

ADÈLE, *ahurie.*

Je ne comprends pas ce que vous dites, mais je sais bien, moi, que c'est le plus simple.

L'AUTEUR *hurle, agacé.*

Qu'est-ce qui est le plus simple ?

ADÈLE, *refermée.*

Si vous criez je ne dis rien. On a toujours crié en me parlant. Quand on crie j'ai peur et je dis oui tout de suite. Vous n'avez qu'à commander, j'obéirai. Ça je sais obéir ; mais ce n'est pas la peine de crier.

L'AUTEUR, *radouci.*

Mais il ne s'agit pas de vous commander mon petit. C'est une décision que vous devez prendre seule... Voyons. Répondez-moi tranquillement et tâchez de voir clair en vous. Je ne vous veux pas de mal vous le voyez bien, je vous parle doucement. Qu'est-ce qui est le plus simple, ma petite Adèle ?

ADÈLE

D'aller là où je dois aller.

---

1. ***Ça fait russe*** : allusion au théâtre de Tchekhov, réputé pour être un théâtre psychologique.

L'Auteur

Mais bon Dieu, vous n'êtes pas complètement innocente [1] ! Vous avez bien fini par le comprendre – d'ailleurs les autres vous l'ont dit – où Marcel voulait vous faire aller ?

Adèle, *fermée.*

Oui.

L'AUTEUR

Alors votre raisonnement est absurde, pourquoi dire que c'est le plus simple ?

Adèle

Comme ça tout le monde sera content et on ne criera plus après moi.

L'Auteur, *doucement.*

Qui crie après vous ? *(Il soupire.)* Ce style !

Adèle

Tout le monde. La Marie-Jeanne qui a compris maintenant que son fils tournait autour de moi. *(Elle désigne le curé d'un geste navré.)* Lui, qui me dit toujours que je dois être pure. L'autre, qui veut toujours que je retourne avec lui et qui me bat. Et puis Marcel qui dit qu'il a fait des démarches, qu'ils ont déjà acheté le billet et que ce n'est pas honnête maintenant de dire non. *(Elle ajoute digne :)* Je suis ce que je suis mais je n'ai jamais fait de tort à personne. Et rien que le billet c'est déjà trop cher pour que je puisse rembourser. Il me faudrait presque un an et ils disent qu'ils ne peuvent pas attendre un an, qu'il y aurait les intérêts de l'argent et que ça ferait encore plus.

---

1. ***Innocente*** : ici, naïve.

L'AUTEUR, *plein de patience.*

Votre raisonnement est enfantin. Vous comprenez bien, pourtant, que personne ne peut vous obliger à aller dans ce bar d'Oran si vous n'en avez pas envie. Même si on a déjà acheté le billet.

LE COMMISSAIRE

D'abord, ça se fait rembourser par la Compagnie, un billet !

L'AUTEUR *lui jette, agacé.*

Taisez-vous ! Vous n'êtes pas là. Adèle, écoutez-moi bien : Madame la Comtesse est une femme très bonne. Il faut demander à la voir et vous confier à elle. Lui dire ce qui vous arrive. Elle, elle agira. Elle vous protégera.

ADÈLE, *épouvantée.*

Oh ! non, jamais !

L'AUTEUR

Pourquoi ?

ADÈLE

J'aurais trop honte. Déjà si elle allait savoir que je suis enceinte… Non. Non. J'aime mieux partir là-bas tout de suite. C'est plus simple.

LE COMMISSAIRE *s'approche.*

J'ai une idée ! J'ai déjà une fiche sur Marcel. Elle vient se plaindre à moi. Je la reçois très humain et compréhensif. Courte scène. Un interrogatoire serré. Je devine tout. La protection de la police.

L'AUTEUR *hausse les épaules, agacé.*

Mais non ! Mais non ! Je vous ai dit qu'elle était déjà partie pour Oran quand vous arrivez à la maison.

LE COMMISSAIRE

Je télégraphie immédiatement au commissaire du port, à Marseille.

L'AUTEUR, *excédé.*

Elle est à Oran, je vous dis !

LE COMMISSAIRE

Une commission rogatoire[1] à Oran !

L'AUTEUR

Vous pensez qu'on va se donner tout ce mal pour une bonne qui se fait enlever ! Il y en a dix par jour.

LE COMMISSAIRE

Avec des protections. Le nom de Monsieur le Comte, le vôtre... Vous commencez à être très connu, vous savez, avec tous vos succès, dans les milieux policiers. Ce n'est plus le genre chaussette à clous[2], Quai des Orfèvres.

L'AUTEUR *le prend par le bras, exaspéré, et l'emmène dans les coulisses.*

Si vous voulez bien aller vous asseoir avec les autres et attendre sans rien dire, comme eux, vous me ferez plaisir, mon vieux. *(Il revient, grommelant :)* Ah ! je me demande bien pourquoi je l'ai inventé, celui-là ! *(Aux deux autres qui attendent l'un en face de l'autre*

---

1. ***Commission rogatoire*** : acte par lequel un juge d'instruction charge un autre juge ou un officier de police judiciaire de procéder en son nom à certaines mesures d'instruction.

2. ***Chaussette à clous*** : gendarmes. L'allusion au « quai des orfèvres » fait référence aux bâtiments de la police judiciaire (voir note 1, p. 76) mais aussi au film d'Henri-Georges Clouzot, Quai des Orfèvres (1947), qui raconte les aventures d'une jeune femme usant de ses charmes auprès d'un vieil homme afin de percer dans le milieu de la chanson. Le vieil homme est retrouvé mort. L'enquête est confiée à un inspecteur quelque peu désenchanté.

gênés :) Soyons méthodiques, mes enfants, ou nous n'en sortirons jamais. Dites-vous exactement ce que vous vous êtes dit ce soir-là. *(Il crie aux cintres* [1] *:)* Mettez l'éclairage de la cuisine au moment de leur rencontre. C'était le soir, tard. Tout le monde était déjà monté. Elle finissait de laver la cuisine comme chaque soir. Vous, mon petit, vous êtes descendu pour lui demander une tasse de tisane. Vous êtes arrivé par le petit escalier du fond. Allons-y. Lave par terre, toi. Voilà. Tu laves, d'abord un moment de silence, et puis il arrive…

Il s'est effacé. Le Séminariste paraît sur le seuil de l'escalier intérieur.

LE SÉMINARISTE

Je m'excuse, Mademoiselle…

ADÈLE *relève une mèche qui tombe sur ses yeux de son bras nu, elle murmure :*

Je lave…

Elle voit son regard sur ses pieds nus. Elle a comme honte, elle les met gauchement l'un sur l'autre.

ADÈLE, *toute rouge soudain.*

Je me mets pieds nus. C'est plus commode. On se salit moins. Ça doit paraître drôle à Paris. C'est des manières de la campagne. Je suis de la campagne.

LE SÉMINARISTE, *doucement.*

Moi aussi. *(Il y a un silence embarrassé. Il dit enfin :)* J'étais descendu pour voir si je ne pouvais pas avoir une tisane chaude. Je crois que j'ai pris froid.

ADÈLE

Il fallait sonner.

---

1. ***Cintres*** : dans un théâtre, le cintre est la partie située au-dessus de la scène, où l'on remonte les décors. Ici, le mot désigne les techniciens chargés d'activer les décors.

Le Séminariste

Oh ! non, pour mon usage personnel je n'aurais pas osé déranger quelqu'un. D'ailleurs, j'ai pensé qu'il était tard. Je travaillais pour mes examens d'octobre. Le feu doit être éteint à cette heure-ci. Je ne voudrais pas déranger…

Adèle

Je vais vous faire chauffer de l'eau sur le petit fourneau à alcool.

Le Séminariste

Vous travaillez bien tard, vous aussi.

Adèle

Je dois laver la cuisine tous les soirs. Et pour ça il faut que j'attende que tout le monde soit monté ; sans ça on me la resalit. Quelquefois, ils s'attardent à parler ; forcément, la journée finie, on aime bien bavarder.

Le Séminariste

Et pourtant, le matin, vous êtes là la première.

Adèle, *doucement aussi, avec un sourire.*

Je dois allumer le feu.

Le Séminariste

C'est dur l'hiver de descendre la première ?

Adèle

Un peu. Au moment où on cherche les allumettes et où on allume la lampe qui sent le froid. Et puis, quand le petit bois a commencé à prendre dans le fourneau ; il y a un moment où on est bien. On a presque peur que les autres s'éveillent. Les autres qui descendent, c'est la journée qui va recommencer. *(Elle ajoute, gentille :)* Au séminaire, ils doivent vous faire lever tôt aussi.

Le Séminariste

Oui. Il fait encore nuit.

Adèle

Vous allumez votre feu vous-même ?

Le Séminariste

On n'allume pas. On a les prières, mais pas de feu.

Adèle, *gentille.*

Alors ça doit être encore plus triste que moi. *(Elle est au fourneau, elle se retourne avec un sourire apeuré.)* C'est mal, ce que je dis ?

Le Séminariste

Pourquoi ?

Adèle

Parce que je pense que vous, comme c'est pour le bon Dieu, ça doit tout de même vous paraître plus facile…

Le Séminariste *sourit.*

Oh ! on n'est pas des héros, vous savez. On est écœurés quand même, d'être debout si tôt. Tant qu'on n'a pas eu notre bout de pain et notre quart de café.

Adèle *sourit.*

Il est bon au moins ?

Le Séminariste *sourit aussi.*

De la bonne eau noire, quoi.

Adèle, *soudain jeune et gentille comme malgré elle.*

C'est dommage qu'ils n'engagent pas les filles pour servir ; moi je viendrais vous en faire du bon. *(Elle a fait la tisane, elle tend la tasse et demande, inquiète :)* C'est pas respectueux, ce que je dis ?

LE SÉMINARISTE, *tout rouge.*

Si. Pourquoi ?

ADÈLE, *qui le regarde un peu enhardie.*

On n'est jamais sûre avec un… *(Elle s'arrête et demande :)* Vous êtes tout jeune. On les prend si jeunes, les curés ?

LE SÉMINARISTE *sourit.*

On n'est pas des curés. On apprend seulement. On n'a pas encore prononcé nos vœux. Il faut mériter d'être prêtre. C'est long.

ADÈLE

Quand est-ce que vous serez prêtre ?

LE SÉMINARISTE

À la fin de l'année prochaine si je réussis mon dernier examen.

ADÈLE

Et il y en a qui ne vont pas jusqu'au bout ?

LE SÉMINARISTE

Oui. Ceux qui ne sont pas sûrs.

ADÈLE

Qu'est-ce qu'ils font alors ?

LE SÉMINARISTE

Ils rentrent chez eux. Mais c'est difficile de redevenir paysan. Les gens leur en veulent. Le curé dit à tout le monde qu'ils ont volé l'argent de l'Église. *(Il ajoute sourdement :)* Et puis les filles se moquent d'eux.

ADÈLE

Vous savez, c'est bête, les filles. Elles n'ont peut-être pas tant envie de se moquer, au fond. Et puis s'il s'en trouve une qui les aime… Elle ne se moque pas.

LE SÉMINARISTE, *doucement.*

Oui, mais alors, elle a peur que les autres se moquent d'elle et elle n'ose jamais se marier avec lui. Vous savez, dans les petits pays... Il faudrait quelqu'un qui ait beaucoup de courage. Ou alors qu'ils partent travailler ensemble autre part. Mais c'est pas toujours facile, les parents de la fille veulent pas. *(Il rend la tasse.)* Voilà la tasse. Merci pour la tisane.

ADÈLE *demande gentiment.*

Ça vous a fait chaud ?

LE SÉMINARISTE

Oui.

Un silence.

ADÈLE, *soudain embarrassée.*

Voilà. Alors maintenant je vais éteindre ma cuisine et puis on va se dire au revoir. Il vaudrait peut-être mieux que vous montiez d'abord.

LE SÉMINARISTE

Oui. Bien sûr. Pardon... Nous n'aurons peut-être pas l'occasion de nous revoir seuls et je voulais seulement vous dire... je vois bien qu'on n'est pas très bon ici avec vous... même... *(il hésite et dit enfin :)* même Madame Marie-Jeanne.

ADÈLE *a un geste.*

C'est toujours comme ça quand on travaille.

LE SÉMINARISTE

Elle vous a très mal parlé hier et je voulais vous dire que cela m'avait fait honte. Et honte aussi qu'elle soit... vous le savez, ma mère. Et qu'alors, moi, je vous demandais pardon.

ADÈLE, *comme épouvantée.*

Il ne faut pas dire ça. *(Elle a éteint, elle dit doucement :)* Voilà. J'ai éteint. Il faut remonter maintenant.

LE SÉMINARISTE, *dans l'ombre.*

Oui. *(Un temps, il ajoute :)* Vous êtes malheureuse, je le sais et je prierai pour vous… *(Un temps, il dit encore :)* Seulement, je ne suis plus très sûr de bien prier. Je m'efforce. Je fais tout ce que je peux.

ADÈLE, *doucement, tendrement presque.*

Pourquoi êtes-vous entré là, alors ?

LE SÉMINARISTE, *sourdement.*

J'avais peur d'être un paysan.

Un silence encore.

ADÈLE

Il faut monter maintenant. Quelqu'un pourrait venir.

LE SÉMINARISTE

Oui.

Il disparaît comme à regret. Adèle l'écoute monter ; puis, elle s'aperçoit qu'elle a oublié la tasse. Elle la lave, l'essuie et la range. Elle met un petit fichu noir sur ses épaules, se rechausse et va monter. Comme elle est sur le point de sortir avec sa lampe Pigeon[1]*, l'Auteur lui demande doucement :*

L'AUTEUR

C'est tout ce que vous vous êtes dit ce soir-là ?

ADÈLE

Oui, Monsieur.

L'AUTEUR

C'est bien. Vous pouvez disposer, mon petit. Bonne nuit. *(Elle est sortie. Il revient en scène, désespéré.)* Évidemment, ça ne mène à rien cette scène-là ! À rien du tout. Ils s'aiment, c'est un fait ; ça

1. ***Lampe Pigeon*** : lampe à essence minérale inventée par Charles Pigeon en 1882.

crève les yeux, mais ils n'arriveront jamais à se le dire. Ils ont trop honte tous les deux. Ils sont paralysés. Ils peuvent avoir dix scènes ensemble, tels que les voilà partis, ils ne s'en diront pas plus. Cette petite est engluée de honte depuis qu'elle est toute petite. Et l'autre grande asperge qui avalait sa glotte, qui épongeait ses grandes mains moites, il ne pouvait rien sortir non plus. Ce sont des personnages impossibles ! Impossibles ! Il faut pourtant qu'il y ait une scène d'amour, crénom, dans cette pièce !… *(Les autres personnages d'en haut ont commencé à apparaître timidement comme s'ils venaient aux nouvelles ; l'Auteur s'écrie en les voyant :)* Et les autres, là-haut, qui n'ont même pas encore parlé ! Que vous ne connaissez même pas ! Le baron et la baronne Jules, – des personnages pourtant charmants – la Comtesse, les enfants. *(Il lève les bras au ciel.)* Comme si j'avais eu besoin d'aller fourrer des enfants là-dedans ! C'est toujours une catastrophe au théâtre, les enfants, on n'arrive jamais à les faire jouer… *(Les personnages d'en bas ont commencé aussi à envahir la scène.)* Et le père Romain, le maître d'hôtel à qui j'avais promis une scène comique ! Et la Marie-Jeanne qui n'a encore quasiment rien dit ; que ça devait être un personnage énorme, un Falstaff [1] femelle. Quelque chose de shakespearien dans mon esprit !… *(Il crie soudain comme un fou :)* Aucun ! Aucun ! je n'ai aucun talent ! Il faut que je me mette à faire du cinéma ! Ou du journalisme !… N'importe quoi ! Tenez ! Je préfère être critique ! Je vais aller m'offrir. « Volontaire, mon directeur ! » J'aime mieux chercher ce qui ne va pas dans les pièces des autres, mais plus dans les miennes, bon Dieu ! plus dans les miennes ! plus dans les miennes !

Tous les personnages regardent cette crise, navrés. Le Commissaire, qui est revenu, lui aussi, assez satisfait du tour que prennent les événements, lui dit, jetant de l'huile sur le feu :

---

1. ***Falstaff*** : personnage de Shakespeare, bouffon et ivrogne cynique qui apparaît dans Henri IV (1597) et dans Les Joyeuses Commères de Windsor (1599).

LE COMMISSAIRE, *futé.*

Sans compter que le public, lui, il se demande toujours qui c'est qui l'a tuée, la cuisinière… Il va finir par ne plus s'y intéresser du tout à votre histoire, le public.

L'Auteur est tombé assis sur une chaise, vaincu, au milieu de la scène, entouré de ses personnages, il demande presque humblement :

L'AUTEUR

Mais alors, qu'est-ce qu'il faut faire ?

LE COMMISSAIRE, *souriant.*

Quelque chose qui arrange toujours la situation au théâtre : un entracte.

L'AUTEUR *bondit, rajeuni de dix ans.*

Voilà ! C'est une excellente idée ! Un entracte ! C'est encore ce qu'on réussit le plus facilement. Et puis, cela nous donnera le temps de réfléchir.

Il s'avance vers le public et annonce :

Un entracte. Vous devez en avoir besoin vous aussi.

Il crie aux cintres :

Rideau !

Pendant que le rideau tombe il ajoute :

N'en profitez pas pour vous sauver !

Le rideau est tombé.

Deuxième acte

Même décor. Au lever du rideau, tous les personnages sont en scène, arbitrairement dans la cuisine ou sur l'escalier. Le groupe des maîtres est d'un côté, celui des domestiques de l'autre. Le rideau levé, ce qui semble les surprendre tous, ils ne disent d'abord rien. Ils échangent des regards inquiets, regardent les coulisses comme s'ils attendaient quelqu'un ; finalement, le maître d'hôtel a un geste fataliste, il toussote et commence :

LE PÈRE ROMAIN

De bons maîtres. C'étaient pourtant de bons maîtres. La vie assurée. L'ordre. Et puis, un jour…

LÉON, *sombre dans son coin, se servant un verre de rouge à la bouteille qui est restée sur la table.*

Il n'y a pas de bons maîtres. Je me souviens du temps de la Vieille…

LE PÈRE ROMAIN

Elle était dure, mais c'était une dame. Une vraie dame. Comme on n'en voit plus.

LÉON *grommelle.*

Une dame. Faire atteler à deux chevaux pour la messe de six heures, hiver comme été. La messe de six heures, si on a ça dans la peau, on y va à pied. On n'emmerde pas le cocher.

LE PÈRE ROMAIN, *très digne.*

Je vous prie d'employer d'autres expressions quand vous me parlez, Monsieur Léon. Je dirige cette maison et vous me devez, en quelque sorte, le reflet du respect que vous devez à vos maîtres.

LÉON *grommelle.*

Le reflet du respect de mes fesses, oui.

LE PÈRE ROMAIN

Il y a un ordre social établi. Pour ma part, il me satisfait, car j'estime que chacun y trouve sa vraie dignité, à sa place.

LÉON

La dignité de mes fesses, oui. On n'a pas de dignité, nous autres, et on n'a pas à en avoir.

LE PÈRE ROMAIN

J'ai toujours décelé chez vous, comme chez cette malheureuse Marie-Jeanne, d'ailleurs, un état d'esprit déplorable. Et s'il n'avait tenu qu'à moi, je ne vous l'ai jamais caché…

LÉON *ricane.*

Seulement, ça a tenu aux nichons de Marie-Jeanne que Monsieur s'est envoyée cinq ans. Après, elle est passée à la cuisine. *(Il lève un doigt.)* Inamovible[1].

LE PÈRE ROMAIN, *pincé.*

Je n'ai jamais voulu le savoir. Les histoires des maîtres sont les histoires des maîtres. Dans ma position, on doit savoir fermer les yeux.

LÉON, *sombre.*

Il faut pouvoir les fermer, les yeux. Mais quand on est obligé de les garder ouverts ? *(Il poursuit sourdement, après un temps :)* Moi,

1. ***Inamovible*** : que l'on ne peut déplacer.

je suis un sanguin. Et quand on m'a fait quelque chose, il faut que je le passe sur quelqu'un. Je tiens vingt ans, et puis un beau jour, je craque. Les bêtes à l'écurie, quand la Vieille, ou bien ce petit crevé de baron Jules m'en avaient bien fait baver, c'est sur elles que je passais ça, une fois les portes verrouillées. Jusqu'au sang. Tu peux toujours hennir ou ruer… Des bêtes à deux mille louis, que ça vaut dix fois plus cher que le cocher… Je leur ai appris à être de pure race, moi, à ces salopes-là. Les patrons, on ne peut pas encore, il faut attendre… Mais les bêtes…

LE PÈRE ROMAIN *lève les bras au ciel, désespéré.*

Il y avait un ordre pourtant. Il valait ce qu'il valait, mais c'était un ordre… Et maintenant… *(Il glapit soudain.)* Je n'ai jamais accepté le désordre ! Nous devons tous redoubler de zèle autour de Madame la Comtesse, la seconde, qui est une sainte, elle, pour lui faire oublier ces tristes événements.

LÉON *ricane.*

Une sainte, la Sucrée ? Dis, Marcel !…

MARCEL, *un peu penaud, soudain a un geste vague.*

Oh, tu sais ; je faisais croire… Mais c'était pas vrai. Je peux bien le dire aujourd'hui. C'est pas la peine de compliquer les choses avec les poulets qui vont nous interroger. Elle ne m'a jamais sonné la nuit pendant que le Vieux était à son cercle. Je racontais ça pour me faire valoir.

LÉON *le regarde, abruti, puis pousse un soupir déçu en se servant un autre verre.*

Ah ? C'est dommage… C'est la seule chose d'elle qui me dégoûtait pas trop – qu'elle couche. Les saintes, moi, je les ai en travers. Ça m'étrangle.

HUGUELINE

On ne peut pas dire que Madame la Comtesse était une mauvaise femme. C'est sa façon d'être bonne qui agaçait. À vrai dire, je crois que c'était surtout une gourde[1]. Pour avoir épousé le vieux – plus de vingt ans de différence d'âge et ne pas le tromper, avouez !...

LE PÈRE ROMAIN *glapit.*

Madame la Comtesse fait partie d'un monde où la vertu est une tradition !

HUGUELINE

J'aimais mieux la baronne Jules. Avec celle-là, c'était pas difficile de s'entendre. Un soulier à la figure à lui passer de temps en temps, quand elle avait ses nerfs, c'est tout. Mais elle ne mettait jamais ses robes plus de trois fois... Dommage que mon derrière, il était beaucoup plus gros que le sien. C'est par là que je finissais toujours par les craquer... Mais en grand tralala et sortie tous les soirs. Et un nouvel amant chaque saison. Ça, c'est des maîtres !

LE PÈRE ROMAIN *reconnaît, pincé.*

Madame la baronne Jules avait aussi des traditions. C'était d'autres traditions, voilà tout. Le monde aristocratique a des traditions diverses, que nous devons respecter, sans les comprendre.

MARCEL, *admiratif malgré lui.*

Le baron Jules aussi, c'était quelqu'un ! Les petites femmes bien sûr, sa table attitrée chez Maxim's[2] et son cognac spécial, mais ça ne comptait pas vraiment. Lui, c'était les courses. Un

---

1. ***Gourde*** : imbécile.
2. ***Maxim's*** : enseigne parisienne créée en 1893 par Maxime Gaillard, garçon de café. Elle fut d'abord un petit bistrot avant de devenir l'un des restaurants les plus réputés de la capitale.

spécialiste. Il avait fait des études et il continuait. Tous les jours, deux heures de réflexions sur la liste des partants du Turf[1], plume en main. Et il me donnait tous ses tuyaux. Seulement, moi, quand il jouait dix louis, je jouais une tune ; c'est ce qui explique que je suis toujours resté larbin. Sans le capital à la base, dans le monde moderne, il n'y a rien de fait.

LE BARON JULES, *qui a un bras en écharpe s'anime sur l'escalier où il est assis, nonchalant, à côté de la baronne Jules.*

Évidemment, cette enquête va être très désagréable… Mais enfin, nous ne pouvons pas être responsables de tout ce qui se passe dans nos cuisines… Le fait est que dès le lendemain tout le monde avait le numéro du *Gaulois* dans les mains. Je dois avouer que j'ai eu un certain succès au cercle. « Dis-moi, Jules, on savait qu'on mangeait bien chez toi, mais tu raffines ! Tu fais aussi larder ta cuisinière maintenant ? » J'ai failli être ridicule. Pour finir, j'ai dû gifler des Épinglettes. Et cet imbécile qui n'a jamais été fichu de tenir une lame a trouvé le moyen de me piquer l'avant-bras en glissant sur le terrain trop humide, ce qui est toujours agréable la veille de la saison de Deauville avec le golf et le tir aux pigeons. Il ne va me rester que le baccara[2], où je peux tout de même tailler de la main gauche. C'est un été qui va me ruiner – positivement !

LA BARONNE JULES

Et pour moi, croyez-vous que cela va être drôle ? De fil en aiguille, on a fini par colporter que vous vous étiez battu pour les beaux yeux de votre cuisinière. Je ne vais plus oser me montrer, positivement ! *(Elle a dit ça exactement comme lui, c'est le mot du jour. Elle s'exclame soudain :)* Vous oubliez que nous déjeunons à une

1. ***Turf*** : terme anglais qui désigne le terrain sur lequel ont lieu les courses de chevaux.
2. ***Baccara*** : jeu de cartes.

heure à l'Ambassade d'Autriche. Mon ami, vous ne serez jamais prêt. Il vous faut deux fois plus de temps qu'à moi.

LE BARON JULES

Je n'y vais pas. J'ai averti Coco [1] que vous viendriez seule. Avec mon bras en écharpe, je ne peux positivement plus manger. Et je ne pouvais décemment pas demander à ma voisine, qui aurait eu cent ans et une couronne fermée [2] – je les connais, les déjeuners de Coco ! – de m'aider à couper ma viande. Je vais déjeuner chez Maxim's.

LA BARONNE JULES, *légère.*

Et vous aurez quelqu'un là-bas, en âge de vous aider ?

LE BARON JULES

Certainement.

LA BARONNE JULES

C'est parfait ! Je vais envoyer le cocher chez Zizi [3], qui va aussi chez Coco, lui dire de passer me prendre. Il sera ravi de vous remplacer.

LE BARON JULES, *très gai.*

Il en a l'habitude. Positivement.

LA BARONNE JULES

Ne faites pas d'esprit, il est encore très tôt.

---

1. *Coco* : probablement l'ambassadrice d'Autriche dont il est question p. 165.
2. *Couronne fermée* : couronne dont le cercle est surmonté d'ornements qui couvrent la tête ; seules les couronnes royale et impériale sont fermées. Le baron Jules indique ici le haut rang de celle qu'il aurait eue pour voisine.
3. *Zizi* : référence sans doute à Renée Marcelle Jeanmaire, plus connue sous le pseudonyme Zizi Jeanmaire, née le 29 avril 1924, à Paris, danseuse de ballet, chanteuse et meneuse de revue.

LA COMTESSE *s'anime à son tour et murmure :*

C'étaient pourtant de bonnes gens tous… Cette petite Adèle, moi je l'aimais. Son humilité me bouleversait. J'avais pensé lui faire un grand cadeau en lui proposant d'être la marraine de Thibaut. Tout ce qu'elle nous a crié… Avec ces mots grossiers exprès. On sentait qu'elle les criait exprès, comme des sortilèges. Elle, habituellement si timide, si réservée. Je n'oublierai jamais son regard. J'étais venue tout lui donner et je n'ai reçu que de la haine…

LE COMTE, *doucement.*

Je vous avais dit qu'il ne fallait jamais descendre en bas. Chacun doit jouer son rôle là où le sort l'a placé. Le sort vous a placée dans les salons du premier étage ; quand vous avez besoin de quelque chose, ma chère, sonnez. C'est juste ou c'est injuste, mais il est malsain de se le demander. Sonnez, voilà tout. On montera. Mais ne vous préoccupez jamais de ce qui se passe dans les sous-sols. Quand on se penche et qu'on regarde – j'ai été sensible moi aussi à votre âge – j'ai fini par apprendre que cela tournait toujours mal. La justice est affaire divine. Nous l'apprécions, d'ailleurs, dans une mauvaise perspective, c'est pour cela qu'elle nous effraie parfois. Il faut laisser le ciel prendre ses responsabilités. Vous m'excusez, ma chère, mais j'ai promis à Mme de Merteuil [1] de monter avec elle ce matin. Elle a une nouvelle bête dont elle n'est pas sûre, et elle a dû envoyer je ne sais trop pourquoi son piqueur [2] à Grosbois [3]. Vous y croyez, vous, à cette nouvelle mode des anglo-arabes pour monter à courre ? C'est un snobisme. Je suis persuadé qu'au premier obstacle sérieux elle aura des ennuis.

---

1. *Merteuil* : c'est le nom de l'héroïne libertine des Liaisons dangereuses (1782) de Choderlos de Laclos, femme manipulatrice et cruelle.

2. *Piqueur* : employé chargé des écuries. Dans la chasse à courre, valet de chiens qui poursuit la bête à cheval.

3. *Grosbois* : localité d'Île-de-France, qui possède une longue tradition équestre.

LA COMTESSE

J'admire votre légèreté. Moi, je ne peux penser à autre chose qu'à ce drame. *(Elle se tourne vers le Séminariste qui est au fond, immobile, et le regarde.)* Il était pourtant gentil, ce petit prêtre, le premier jour où il est arrivé…

LE COMTE, *qui s'est détourné aussi.*

Très gentil. Mon portrait à vingt ans. Sauf les mains qu'il avait plus fortes…

LA COMTESSE, *avec un reproche attristé.*

Mon ami…

LE COMTE

Ma chère, à quoi bon en faire des cachotteries ? Dans huit jours, cela sera dans tous les journaux.

LA COMTESSE, *peinée.*

Ne vous amusez pas. Vous vous amusez de tout. Vous l'avez aimée, cette…

Elle hésite.

LE COMTE *se retourne.*

Cette…

LA COMTESSE

Je ne sais pas exactement quel mot dire…

LE COMTE, *soudain de glace.*

Il y en a plusieurs dans la terminologie consacrée. Cette femme, cette fille, cette bonne ?…

LA COMTESSE, *doucement.*

Je ne veux dire aucun mot blessant, Thibaut.

LE COMTE, *presque agressif soudain.*

C'est difficile. Ils le sont tous. Croyez-moi, il vaut mieux que nous ne parlions plus de cela, ma chère. C'est un sujet au bord du grotesque ou de l'odieux, selon. Et du mauvais goût en tout cas. Et, par surcroît, c'est un sujet sur lequel je me révèle très susceptible. Vous auriez beaucoup de grâce à ne pas m'en reparler.

LA COMTESSE, *doucement.*

Vous êtes donc descendu, vous ?

LE COMTE, *qui ne veut pas comprendre.*

Descendu où ?

LA COMTESSE

En bas.

LE COMTE *a un geste.*

Il y a si longtemps. Et cela ne concerne plus que cette dame mûre en robe d'apparat dans son cadre, qui a le bon goût, en ce moment, d'être morte.

LA COMTESSE, *après un temps.*

Comme vous pouvez être dur, Thibaut. Vous qui êtes si bon.

LE COMTE, *après un temps aussi.*

Je peux être beaucoup de choses, comme tout le monde. Mais j'ai choisi. J'ai choisi d'être un homme bien élevé, d'abord, aimable, tolérant, amusant – autant que mes maigres dons me le permettent – puisque j'ai assumé le redoutable honneur d'avoir une femme de vingt ans plus jeune que moi. La vie n'est pas si drôle, il faut se la faciliter. C'est d'ailleurs ce que notre classe est la seule à avoir compris. Vous ai-je déjà déçue, Évangeline, avec des défauts qu'on serait en droit d'attendre d'un homme de mon âge ? Passé la quarantaine, il vient aux hommes, avec le ventre, un inexplicable goût du sérieux.

LA COMTESSE, *doucement.*

Non. Avec des défauts de jeune homme plutôt.

LE COMTE

Je suis un vieux jeune homme. Si curieux que cela paraisse, avec beaucoup de bruit je n'ai guère vécu.

LA COMTESSE

J'aimerais seulement vous entendre parfois pousser un cri…

LE COMTE, net.

N'y comptez pas. Entre autres choses j'ai décidé une fois pour toutes que je ne pousserais jamais de cri. Je laisse cela au monde animal et aux passionnés furieux, qui d'ailleurs s'en rapprochent. L'homme a la chance de posséder un langage articulé et un code, qui lui permet d'exprimer décemment les nuances de son esprit et – s'il y tient absolument – de son cœur. Il n'a pas à pousser de cri… *(On sent soudain que sa politesse est mise à rude épreuve, il s'impatiente.)* Avez-vous tout simplement conçu le projet de m'obliger à faire attendre Mme de Merteuil, mon amie ?

LA COMTESSE *sourit, soudain légère à son tour.*

Loin de moi un aussi noir dessein ! J'essayais simplement de saisir, par la chance de ce tête-à-tête, un mari parfois insaisissable.

L'AÎNÉ *des garçons s'anime soudain et demande :*

Maman, qui va nous faire répéter notre latin ?

LA COMTESSE

Moi bien sûr. Vous avez vos livres ?

L'AÎNÉ

Oui, maman. Vous saurez ?

LA COMTESSE

Très bien.

L'AÎNÉ, *câlin.*

Alors pourquoi n'était-ce pas vous qui le faisiez ? Vous êtes beaucoup plus agréable qu'un abbé. Vous sentez bon.

LA COMTESSE, *masquant un léger embarras.*

Mais parce que j'ai d'autres devoirs dans cette maison qui ne m'en auraient pas laissé le temps.

LE CADET[1] *demande :*

Nous aurons un autre abbé ?

LA COMTESSE

Sûrement.

L'AÎNÉ

Celui-là aussi avait son frère aîné malade ?

LA COMTESSE

Non. Celui-là, c'est autre chose qui l'a rappelé brusquement.

L'AÎNÉ

Quoi donc, maman ?

LA COMTESSE

Vous êtes trop curieux. Un télégramme.

LE CADET *demande :*

C'est vrai que la cuisinière est morte ?

L'AÎNÉ

Marcel nous a dit qu'elle avait été tuée, c'est vrai ?

LA COMTESSE

Marcel est un sot. Et je vous ai défendu de toujours parler aux domestiques. *(Elle s'est retournée vers Marie-Jeanne, immobile au milieu*

1. *Cadet* : enfant qui vient après l'aîné d'une famille.

des autres depuis le début, comme absente. Tout le monde la regarde.) Marie-Jeanne a été très malade et on l'a emmenée à l'hôpital. Mais elle va sans doute guérir et si le bon Dieu ne voulait pas qu'elle guérisse, elle ira au ciel.

LE CADET

Elle sera cuisinière au ciel ?

L'AÎNÉ *demande à son tour.*

Et Adèle, est-ce vrai maman, qu'elle est partie chez les Nègres ? Est-ce vrai qu'il fait tellement chaud là-bas qu'elle va travailler en chemise ?

LA COMTESSE,
qui ne comprend pas d'abord, demande :

Pourquoi en chemise ?

LE CADET *répète :*

Pourquoi en chemise, maman ?

LA COMTESSE *comprend soudain
et s'exclame :*

Mon Dieu, que de questions pour de si petits garçons. Si au moins vous les posiez en latin… Allons, où sont vos livres ? Apprenez d'abord que vous ne devez pas poser de questions sur les choses qui ne vous regardent pas et écouter de vilaines histoires à l'office [1]. Rien n'est plus mal élevé.

L'Auteur qui est entré en bas avec le Commissaire, sur ces derniers mots de la Comtesse, sursaute.

L'AUTEUR

Quelles vilaines histoires ? Qu'est-ce qui est mal élevé ? Qu'est-ce qu'elle raconte celle-là ? *(Il l'apostrophe.)* Qu'est-ce que vous racontez, Madame ? Et d'abord qui vous a permis de

1. ***Office*** : pièce attenante à la cuisine où se prépare le service de la table.

parler ? C'est insensé ! Je vais boire un café pendant l'entracte, je reviens… et ils parlent !

LE PÈRE ROMAIN, *qui est apparu en bas.*

Je m'excuse auprès de Monsieur. Il ne faut pas que Monsieur nous en tienne rigueur. Ni surtout à Madame la Comtesse qui a seulement fait de son mieux, comme nous tous. C'est moi qui ai commencé à parler de mon propre chef, Monsieur. On avait levé le rideau – par mégarde sans doute – et il fallait bien faire quelque chose. Alors, nous avons pris la liberté de continuer la pièce de Monsieur.

L'AUTEUR, *épouvanté.*

Tout seuls ?

LE PÈRE ROMAIN, *modeste.*

Oui, Monsieur, avec les moyens du bord. Mais que Monsieur se rassure, nous n'avons rien dit d'essentiel. Un simple bavardage. Nous ne serions pas permis, Monsieur.

L'AUTEUR, *inquiet, plus bas.*

Et… ils écoutaient ?

LE PÈRE ROMAIN

Assez bien, Monsieur.

L'AUTEUR

Sans tousser ?

LE PÈRE ROMAIN

Pas trop. *(Il ajoute :)* Un peu tout de même.

L'AUTEUR

C'est bon. Je vois que ça n'a pas dû être fameux. *(Il s'avance, au public :)* Excusez-moi, Mesdames et Messieurs. J'espère que vous n'avez pas été trop déçus. Toute cette partie du texte n'était pas de moi. Nous allons reprendre la vraie pièce… *(Il rappelle le père Romain qui s'éloignait discrètement.)* Dites-moi, mon ami ?

LE PÈRE ROMAIN

Monsieur ?

L'AUTEUR

Un mot, avant de continuer. Vous qui m'êtes un personnage familier…

LE PÈRE ROMAIN

Monsieur est bien bon de s'en souvenir. J'ai beaucoup servi Monsieur, en effet. *Le Voyageur sans bagage*, 1937 ; *Léocadia*, 1940 ; *Le Rendez-vous de Senlis*, 1941 ; *L'Invitation au château*, 1947 [1] ; Monsieur a toujours été très satisfait de mes services. Monsieur m'a même prêté une fois à Monsieur Oscar Wilde, à l'occasion d'une adaptation à laquelle Monsieur avait collaboré.

L'AUTEUR, *modeste.*

À vrai dire, je crois bien que c'est Monsieur Oscar Wilde qui avait dû vous prêter à moi, primitivement [2]. Mais passons. Je voudrais vous poser une question, mon ami. Une question qui a une certaine importance pour Monsieur et pour moi. C'est une bonne maison ici ?

LE PÈRE ROMAIN

Parfaite, Monsieur.

L'AUTEUR

Et le personnel ?

1. Toutes ces pièces sont d'Anouilh (voir présentation, p. 12-13).
2. Regard ironique d'Anouilh sur son travail : en 1954, il a adapté *L'Importance d'être constant* (1895), une pièce d'Oscar Wilde.

LE PÈRE ROMAIN *a un geste.*

Monsieur, il y a toujours à redire. Mais dans l'ensemble, les personnes employées ici sont d'un niveau moral et professionnel satisfaisant.

L'AUTEUR

La direction de tout ce petit monde doit tout de même vous causer bien des soucis.

LE PÈRE ROMAIN

Puisque Monsieur me fait l'honneur de m'interroger, je prendrai la liberté d'avouer à Monsieur que tout n'est pas toujours comme je l'aurais souhaité. La femme de chambre, par exemple, est une jeune femme assez coquette, quant à sa personne, mais ses plateaux ne sont pas toujours ce qu'ils devraient être. Elle n'a pas le sens du napperon. Ses ronds de citron pour le thé sont souvent disposés sans grâce. Il lui est même arrivé d'oublier une fois la pince à sucre. C'était, je dois le dire, un plateau pour Monsieur le baron Jules qui prend toujours son sucre avec ses doigts, mais tout de même !... C'est une faute professionnelle qui aurait eu les plus graves conséquences chez Madame la Duchesse... Ici, la tendance est à fermer les yeux... Si je puis me permettre d'avoir une opinion, Monsieur, Madame la Comtesse est trop bonne.

L'AUTEUR

On m'a dit qu'elle s'inquiétait beaucoup du sort de ses domestiques. Est-il exact qu'elle aurait même conçu le projet d'offrir d'être la marraine de son dernier-né à la plus humble d'entre eux : à la fille de cuisine, celle qui a disparu ?

LE PÈRE ROMAIN, *fermé soudain,*
a un geste.

Monsieur, c'est une aventure malheureuse qui a failli briser ma carrière et dont je préfère ne pas reparler. Mais il est vrai que la mode est maintenant à un certain esprit «social», comme ils disent dans leur jargon, dont l'office ne sait d'ailleurs aucun gré à ses maîtres et qui mène au relâchement.

L'AUTEUR

Vous l'avez remarqué ?

LE PÈRE ROMAIN

Avec peine, Monsieur. Les jours où les maîtres sortaient, de mon temps, une partie du personnel attendait, aussi longtemps qu'il le fallait dans la nuit. Monsieur pouvait avoir besoin d'un en-cas; Madame avait à se faire déshabiller. Et de toute façon, il y avait à prendre les derniers ordres. Une décision pouvait avoir à être notée pour le lendemain. Maintenant, c'est un petit mot qu'on pose en évidence dans l'office, le trouve qui peut. Il arrive même à Monsieur le baron et à Madame la baronne Jules de descendre fureter jusqu'aux cuisines lorsqu'ils ont faim, en rentrant du théâtre et, que par exception, ils n'ont pas soupé. De petites têtes écervelées, si Monsieur me permet d'être franc. Monsieur le comprendra, lui qui m'a toujours employé suivant les grandes traditions dans ses pièces. Ces petits relâchements désorientent le personnel.

L'AUTEUR

Le personnel aime bien avoir sa part de sommeil comme les autres pourtant ?...

LE PÈRE ROMAIN

Un peu plus de repos ou de confort est secondaire, Monsieur. Même si, sous cette nouvelle influence des syndicats, certains membres remuants de notre profession l'ont mis au nombre de leurs revendications. Ce qui importe, c'est la foi, et l'intangibilité [1] des conventions. Il y a un jeu à jouer suivant certaines règles – et

1. ***L'intangibilité*** : le caractère sacré.

pour tout le monde – sinon, tout s'écroule. Si les maîtres, par souci quelquefois de leurs propres aises, ne jouent plus exactement leur rôle dans le jeu, le doute se met dans le fruit. Voyez Louis XV… J'ai lu, dans un fascicule de vulgarisation historique qu'il avait fait construire une trappe d'où une table surgissait toute servie des sous-sols de Trianon, pour pouvoir manger tranquillement avec Madame la Comtesse du Barry [1] et ses familiers, sans ses valets. La Révolution était aux portes. Dès cet instant, Monsieur, j'eusse misé la royauté perdante. Le résultat de cette innovation ne s'est d'ailleurs pas fait attendre. Le roi a eu le plaisir de découper lui-même son poulet et dix-sept ans plus tard, jour pour jour, on coupait la tête de son petit-fils.

L'AUTEUR

Je vois que vous avez un grand sens politique. Je vous remercie, mon ami.

LE PÈRE ROMAIN

Je suis aux ordres de Monsieur.

Il sort.

LE COMMISSAIRE

Il est effrayant, ce vieux fossile ! Vous savez l'idée qui me vient ? C'est peut-être lui qui a tué la vieille parce qu'elle avait mal découpé un gigot ?

L'AUTEUR

Mon ami, il va falloir comprendre une fois pour toutes que vos plaisanteries de garçon de bains [2] ne sont plus de saison. Je les ai tolérées au début parce qu'il fallait amadouer le public,

---

1. ***Comtesse du Barry*** (1743-1793) : favorite de Louis XV ; elle fut au centre des intrigues de la cour.

2. ***Plaisanteries de garçon de bains*** : plaisanteries crues, de mauvais goût.

coûte que coûte, dans cette aventure un peu risquée. Maintenant, le public en a assez des hors-d'œuvre. Il voudrait voir arriver le plat de résistance. Il voudrait bien savoir pourquoi, au juste, je l'ai convoqué.

LE COMMISSAIRE *ricane,*
il a perdu tout respect.

Vous aussi, j'imagine ?

L'AUTEUR

Cessez d'être insolent. Je sais très bien ce que j'ai voulu dire avec cette Grotte. Ce n'est pas parce que je n'ai pas pu arriver à écrire la pièce que je ne le sais pas. Généralement, c'est dans les pièces qu'on n'arrive pas à écrire qu'on avait le plus de choses à dire... Dès qu'il y a plus de trois sentiments, au théâtre, on s'embrouille...

LE COMMISSAIRE,
de plus en plus irrespectueux.

C'est bien connu ! Voyez Shakespeare...

L'AUTEUR, *piqué au vif, glapit.*

Shakespeare faisait ce qu'il voulait ! Et d'abord, ils étaient sans doute plusieurs [1]. Et ses pièces ne sont probablement pas de lui. Ce n'est pas malin d'être un immense génie de théâtre quand il y a un inconnu qui écrit pour vous ! Moi aussi je pourrais être Shakespeare dans ces conditions.

LE COMMISSAIRE

Vous ne voulez vraiment pas que je vous aide ?

---

1. Certains critiques ont tenté de démontrer que Shakespeare n'était pas l'auteur des pièces signées de son patronyme mais seulement un prête-nom pour des auteurs alors plus fameux, tels Christopher Marlowe et Francis Bacon.

L'AUTEUR, *supérieur.*

Mon vieux, vous êtes drôle comme ça, dans un début pour dégeler l'atmosphère, mais ce n'est pas avec quelqu'un comme vous que je ferai enfin du grand théâtre. Je suis navré, mais permettez-moi de vous le dire : un personnage artificiel, une raclure[1] du vieux boulevard, voilà ce que vous êtes !...

LE COMMISSAIRE, *pincé.*

Si vous le prenez sur ce ton... Moi, je n'avais pas dit ça pour vous vexer.

L'AUTEUR, *radouci.*

Il ne faut jamais prononcer sur un certain ton le nom de Shakespeare devant un auteur dramatique. Il y voit tout de suite une allusion blessante. Nous sommes des écorchés vifs, mon vieux. Si vous croyez que c'est une vie de passer son bachot tous les ans ! *(On entend soudain des éclats de voix dans l'arrière-cuisine.)*

Marie-Jeanne est entrée, traînant brutalement Adèle par le bras. L'Auteur et le Commissaire vont faire quelques gestes maladroits pour intervenir, puis finalement ils s'effaceront.

MARIE-JEANNE

Tu parleras ! Tu parleras, petite traînée ! Je vous ai surpris en train de vous susurrer des choses, tous les deux. C'est la seconde fois que je vous surprends. Qu'est-ce qu'il était en train de te dire ?

ADÈLE

Rien, je vous dis ! Il me demandait du cirage pour ses chaussures.

MARIE-JEANNE

Il n'a qu'à les mettre avec celles des enfants, on les lui cirera.

---

1. ***Raclure*** : déchet (ici, injure).

ADÈLE, *vivement.*

J'ai déjà voulu les lui cirer, il ne veut pas.

MARIE-JEANNE, *la regarde, froide.*

Tu as déjà voulu les lui cirer ?

ADÈLE

Oui. Il ne veut pas.

MARIE-JEANNE

C'est ton travail maintenant de cirer les chaussures ? Je croyais que c'était celui de Marcel pour ces Messieurs et les enfants, et celui d'Hugueline pour la Sucrée et la baronne ?

ADÈLE

J'avais pensé que cela le gênerait moins que ce soit moi. Il est toujours sale et pas soigné. Personne ne s'occupe de lui. Il lui manque je ne sais pas combien de boutons à sa soutane.

MARIE-JEANNE

Et tu lui as proposé aussi de les lui recoudre, peut-être ?

ADÈLE

Oui. *(Elle crie soudain :)* Vous êtes sa mère ! Vous n'avez qu'à le faire, vous, au lieu de le laisser comme ça. Vous ne vous en occupez même pas. Si j'avais un fils, moi, si j'avais quelqu'un à moi à m'occuper !

MARIE-JEANNE, *doucement.*

Tu serais une bonne petite femme, hein ? Tu l'attendrais bien gentiment dans ta cuisine tout le jour en préparant de bons petits plats… Et le soir, quand il reviendrait de son travail, tu le servirais, debout, en le regardant manger… Et s'il la trouvait bonne, la soupe, tu sentirais comme une grosse boule tiède crever en toi de bonheur. Tu serais nourrie.

ADÈLE, *doucement, les yeux fermés.*

Oui.

Marie-Jeanne la regarde un instant, avec haine, rouge de plaisir, les yeux clos puis, soudain, elle la gifle à toute volée.

MARIE-JEANNE

Traînée ! Fille à curés ! Une paillasse qu'il n'y a qu'à l'étendre et elle sait seulement pas dire non. C'est un curé, mon fils, tu entends ! C'est pas pour tes grosses mains rouges, souillon ! Déchausse-toi et lave ta cuisine !

ADÈLE *crie, tenant tête.*

Il n'est pas encore curé ! Il me l'a dit. Il peut dire non !

MARIE-JEANNE

Il le sera l'année prochaine… Moi, le bon Dieu, ça m'est égal, mais je voudrais bien voir qu'il dise non !… Et pour une comme toi peut-être !… *(Elle la retourne brutalement.)* Ça a un polichinelle dans le buffet[1] que ça sait pas seulement se le faire passer toute seule, un polichinelle que ça sait peut-être même pas de qui, et ça tourne déjà autour d'un autre ! Une rien du tout ! Que c'est même pas la peine de demander poliment avec elle, qu'il suffit d'entrer dans sa chambre… Et ça ose !… Ça voudrait aussi faire sa cuisine, peut-être, que ça a même appris à roussir[2] un beurre convenablement et raccommoder ses vêtements, que c'est pas foutu de tenir autre chose qu'une serpillière et un balai dans ses grosses mains !… Lave ta cuisine, souillon ! Avoir un homme à soi ! Et qui, Madame ? Mon fils. Que je me suis saignée aux quatre veines pour en faire un curé comme il faut. Que c'est un petit jeune homme presque bien élevé ! Un petit Monsieur – aux mains près ! Mais ça rêve !… Mais

1. ***Ça a un polichinelle dans le buffet*** : elle est enceinte (expression familière et vulgaire). À l'origine, Polichinelle est un personnage bossu de la *commedia dell'arte* et du théâtre de marionnettes.

2. ***Roussir*** : mode de cuisson du beurre.

ça ne s'est pas vu !… Pauvre fille ! *(Adèle est tombée assise, sanglotante, la tête dans ses bras, sur la table. Marie-Jeanne va à son fourneau.)* Allez. Je vais te la faire, ta tisane. Tu me fais pitié.

ADÈLE, *dans ses sanglots.*

Je n'en veux pas ! C'est trop amer.

MARIE-JEANNE

Ça sera encore plus amer que celle d'hier, aujourd'hui, et demain encore plus amer qu'aujourd'hui… Je force à chaque fois la dose. On est déjà trop de pauvres corniauds[1] sur la terre. Un de moins, ça sera toujours ça.

ADÈLE *demande, reniflante.*

Vous lui avez dit ?

MARIE-JEANNE

À qui ? J'ai rien dit à personne. J'ai pas envie de faire six mois de cabane [2] pour tes beaux yeux.

ADÈLE

À lui.

MARIE-JEANNE *explose, rigolarde.*

À un curé !… Il manquerait plus que ça. Tu me prends pour qui ? *(Elle tombe sincèrement des nues.)* Mais alors, le sens des convenances[3], le tact, comme on dit ; ça t'échappe tout à fait à toi ? Si je lui ai dit ? Il m'aurait fait un sermon et il se serait proposé pour le baptême. Tu les connais pas, ces puceaux[4]-là !… Ça comprend rien aux choses raisonnables…

---

1. ***Corniauds*** : hommes stupides, imbéciles (familier).

2. ***Cabane*** : prison. L'avortement n'est autorisé par la loi que depuis 1975 (loi Veil).

3. ***Convenances*** : bienséances sociales, règles d'usage.

4. ***Puceaux*** : vierges.

© Agence Bernand

■ Marie-Jeanne (Christine Melcer, à gauche) et Adèle (Caroline Victoria) dans la mise en scène d'Yvan Garouel (1997).

ADÈLE *gémit.*

S'il l'apprenait, je me tuerais.

MARIE-JEANNE, *qui touille sa tisane attentive à son fourneau.*

Fais pas de zèle. Ça viendra bien tout seul quand tu seras vieille et bien abîmée comme moi… Seulement, avant, il faut que tu pisses toutes tes larmes ; il faut que tu les reçoives tous tes coups, que tu les uses les mains que le bon Dieu t'a données, à laver la cuisine des autres – éternellement – que tu te recouches sur ta paillasse des nuits et des nuits sans plaisir avec le premier qui voudra sur ton ventre… T'as pas encore eu ta ration, ma fille. C'est trop tôt pour dire au revoir. *(Elle revient vers elle, presque tendre.)* Allez, bois-moi ça, idiote. Après, je te ferai un bon café pour passer le goût. Un vrai à moi. La tasse que je me réserve.

ADÈLE, *qui boit en pleurant comme une petite fille.*

C'est mauvais ! Et puis ça me tord !

MARIE-JEANNE, *doucement.*

Il faut souffrir pour faire un petit ange[1].

(Elle est venue s'asseoir en face d'elle, les coudes sur la table.)

Alors, tu veux toujours pas me le dire, le nom de celui qui t'a fait ça ?

ADÈLE, *fermée.*

Non.

1. ***Un petit ange*** : un fœtus mort. Les femmes qui pratiquaient l'avortement à l'époque où il n'était pas autorisé par la loi étaient appelées des faiseuses d'anges.

MARIE-JEANNE

C'est pas le Marcel, tu es bien sûre ? Il est toujours fourré dans tes jupes depuis quelque temps ? Qu'est-ce qu'il a donc à te raconter ?

ADÈLE *a un geste.*

Oh ! c'est autre chose… C'est pour une place qu'il m'a trouvée.

MARIE-JEANNE, *doucement, pour la faire parler.*

Une bonne place ? Et où ça ?

ADÈLE

Dans un bar. À Oran.

MARIE-JEANNE, *dure, entre ses dents.*

Petite ordure ! Je m'en occuperai de celui-là aussi. J'aime pas les barbeaux [1]. Tu n'as jamais été avec lui, tu es bien sûre ? Des fois, on ne se rappelle pas bien ?

ADÈLE, *lassée.*

Non, jamais, je vous dis.

MARIE-JEANNE

Et ce grand rouquin de commis laitier, tu es sûre aussi ?

ADÈLE

Non ! je vous dis… *(Elle pleure comme un enfant.)* Oh ! c'est trop mauvais ! Et puis, je vais encore avoir mal ce soir. J'aime mieux me jeter tout de suite à l'eau avec lui, ça ira plus vite…

MARIE-JEANNE, *doucement.*

Allons, allons, un peu de courage. Bois tout de même ma grosse. C'est mauvais, mais ça te délivre… Encore deux tasses et tu n'as plus fauté, tu es innocente… C'est si beau, l'innocence

---

1. ***Barbeaux*** : voir note 1, p. 74.

et c'est pas difficile : il suffit d'avoir le ventre plat. *(Elle demande soudain :)* C'est pas le baron Jules au moins ?

ADÈLE

Non.

MARIE-JEANNE

Alors qui c'est ?

LÉON *rentre, revenant de l'écurie, et crie :*

Salut !

MARIE-JEANNE

Salut ! Lave-toi les mains. Nous emmerde pas… *(Elle revient à Adèle.)* Tu es sûre que c'est pas ce petit crevé ? Tu peux coucher avec qui tu veux, tu entends, on est là pour ça nous autres, pour donner du plaisir comme le bon Dieu l'a prévu… Mais ne laisse jamais un patron te le faire, l'amour, ou tu auras dans ton cœur un sang noir que tu ne sauras jamais plus cracher…

LÉON, *qui s'impatiente, à l'autre bout de la table où il s'est installé.*

Alors, et mon café ?

MARIE-JEANNE

Ta gueule, il est pas fait ! *(Elle lui pousse le pot de tisane devant lui.)* Tiens, tu veux un peu de ça ? C'est pour dégonfler le ventre. Ça te fera du bien, gros lard.

LÉON *repousse le pot avec une grimace.*

Merde, ça pue !

MARIE-JEANNE

Moins que toi ! Tu as encore bouffé du pain à l'ail, cochon, avant d'aller soigner tes bêtes ? Et ton kile[1] de rouge dans le

1. ***Kile*** (ou kil) : litre (abréviation populaire de «kilo»).

même trou ? Et après ça vient demander son café, le petit doigt en l'air comme à la terrasse de Tortoni[1], en faisant des manières. Un café ! Pourquoi pas des cure-dents ? Et dire qu'il y a bientôt vingt ans que je couche avec ça !...

Elle s'en va en rigolant vers l'arrière-cuisine.

LÉON *lui crie, rigolant aussi.*

Crache pas dans la soupière ! Il y a vingt ans que t'en redemandes...

MARIE-JEANNE, *qui est dans le fond, à moudre son café.*

Ah là là !... Il faut plus avoir beaucoup de prétentions comme disait ma grand-mère le jour où on lui a apporté son cercueil trop petit...

L'AUTEUR, *qui est rentré pendant la scène dans un coin à mi-voix, navré, au Commissaire.*

C'est idiot ça.

LE COMMISSAIRE, *indulgent.*

Boh ! C'est d'elle.

L'AUTEUR

Oui, mais tout de même, on croit que c'est de moi. C'est avec des plaisanteries comme ça que je me suis déconsidéré à Paris. À l'étranger, c'est moins grave parce qu'ils n'arrivent jamais à les traduire, c'est pour ça que j'y ai une bien meilleure réputation qu'en France...

---

1. ***Tortoni*** **:** café parisien situé boulevard des Italiens, où se réunissait l'élite de la capitale au XIXe siècle.

LE COMMISSAIRE, *qui observe le manège de Léon.*

Dites donc, patron, regardez-le un peu, le gros saligaud…

Restée seule, Adèle a levé un regard épouvanté sur le cocher ; on dirait une petite bête prise au piège. L'autre a un coup d'œil vers l'arrière-cuisine où Marie-Jeanne moud son café sans pouvoir le voir ; il se lève lourdement, prend Adèle, qui résiste, dans ses bras et l'embrasse goulûment.

ADÈLE, *se débattant, à voix basse.*

Non ! Non ! Je ne veux plus. Je ne veux plus !

Elle a réussi à se détacher et se sauve par l'escalier de la rue.

L'AUTEUR, *inquiet.*

Là, c'est vraiment trop ignoble ! Moi, j'aurais enveloppé ça, j'aurais réussi à le faire passer. Ou tout au moins, je n'aurais pas montré le baiser. Mais maintenant, depuis qu'ils ont parlé tout seuls, ils font ce qu'ils veulent. C'est bien simple, je ne sais plus où l'on va !

LE COMMISSAIRE

Soyez énergique. Intervenez. Montrez-leur le canevas de la pièce.

L'AUTEUR, *piteux.*

Je n'en avais pas.

LE COMMISSAIRE

Oh alors !… Si c'est comme ça que vous faites votre métier !

Marcel est entré dans la cuisine. Il va au Cocher qui s'est remis à la table.

MARCEL, *s'asseyant.*

Alors ?

LE COCHER

Alors ?

Marcel

Ça va ?

Le Cocher

Ça va. *(L'Auteur, navré dans son coin, s'exclame :)* Quel dialogue ! *(Un temps, le Cocher, après de fortes réflexions :)* Et toi, ça va ?

Marcel

Ça va. *(Marcel, qui a trouvé quelque chose à dire.)* Tu sais ce qu'elle a fait, la Sucrée ? Elle m'a sonné encore deux fois. Je suis crevé.

Hugueline *entre.*

Monsieur le baron Jules est tombé du lit ! C'est-à-dire qu'il y est encore, mais il veut son plateau.

Marie-Jeanne *crie du fond.*

À cette heure-ci ? Il n'est pas prêt !

Hugueline

Il paraît qu'il a un entraînement à Maisons [1]. Il faut absolument qu'il y soit à l'heure et il saura le gagnant du Grand Prix. Ultra secret. Ils seront que deux à le savoir, avec le cheval.

L'Auteur, *dans son coin.*

Ça traîne… Ça traîne. Ce n'est pas intéressant, tout ça !

Marcel, *qui s'est dressé.*

Mais dites donc, c'est que c'est très intéressant ça ! *(À ces mots, l'Auteur, sentant qu'il n'est plus maître de rien, lève les bras au ciel, impuissant et s'éloigne avec le Commissaire.)* Le gagnant du Grand Prix… Je ne sais pas si vous vous rendez bien compte, mes cocottes. Une chance que ce soit un « outsider [2] », comme

---

1. ***Maisons-Laffitte*** : localité d'Île-de-France réputée pour son hippodrome (fin XIXe siècle) et son centre d'entraînement hippique (1910).
2. ***Outsider*** **:** cheval de course qui ne figure pas parmi les favoris mais qui a des chances de gagner.

l'année dernière, il a rapporté vingt louis pour une tune[1]. Allez, grouille-toi, Marie-Jeanne ! Fais-le-lui vite, son jus. Il faut absolument qu'il soit à l'heure ; moi, je mets cinq louis dans le coup !

MARIE-JEANNE *lui crie du fond.*

Cinq louis, petit merdeux, où c'est-y donc que tu les as volés ?

MARCEL, *avantageux.*

Travail nocturne !

Le petit Séminariste surgit sur le seuil de l'escalier intérieur. Il s'arrête surpris de voir tout le monde. Adèle, qui est revenue en haut de l'autre escalier, celui de la rue, le regarde de loin.

LE SÉMINARISTE

Pardon.

HUGUELINE *lui crie :*

Entrez ! Entrez donc, Monsieur l'Abbé. On vous mangera pas. *(Elle crie dans l'arrière-cuisine :)* Marie-Jeanne, c'est ton petit curé !

LE SÉMINARISTE

Je m'excuse, je voulais seulement…

MARIE-JEANNE *paraît sur le seuil de l'arrière-cuisine, elle lui dit seulement.*

Remonte !

LE SÉMINARISTE

Mais je voulais…

1. Le ***louis*** est une ancienne monnaie d'or ; la ***tune*** est une ancienne pièce de cinq francs.

MARIE-JEANNE

Remonte. Tu n'es pas d'en bas, toi. Si tu veux quelque chose, tu n'as qu'à sonner. C'est pas fait pour les chiens, les sonnettes. *(Elle crie encore, dure :)* Remonte, je te dis ! *(Le petit Séminariste baisse la tête et remonte. Marie-Jeanne va à la table avec l'immense cafetière et la pose au milieu des bols qu'Hugueline a disposés.)* Tenez ! Buvez, mes enfants.

HUGUELINE

Et Monsieur Jules ? Il est pressé.

MARIE-JEANNE, *avec une sorte de grandeur.*

Pressé ou pas, buvez d'abord. On a déjà travaillé, nous. Lui, je lui repasserai de l'eau chaude.

Le noir soudain.

La lumière revient soudain. On dirait le début de la scène qui recommence. Marie-Jeanne et Adèle sont seules dans la cuisine. Elle la fait boire.

ADÈLE *gémit.*

C'est mauvais. Ça me tord maintenant.

MARIE-JEANNE

Bois, ma grosse. Bois ma poule. Il commence à se décourager, il commence à les desserrer, ses petites griffes. À ne plus avoir envie de vivre.

ADÈLE

C'est dur, c'est long…

MARIE-JEANNE, *qui lui caresse la tête doucement.*

Tout est dur. Tout est long. De faire et de défaire. Bois, ma poule. Bois, ma grosse. Bois, bois, ma petite génisse[1]. On fêtera ça après toutes les deux… On s'achètera des douceurs.

1. ***Génisse*** **:** au sens propre, jeune vache qui n'a pas encore mis bas.

ADÈLE, *doucement.*

Je le regrette pas, celui-là. Mais je voudrais en avoir un autre du garçon que j'aimerai.

MARIE-JEANNE *s'assoit soudain découragée.*

Ah ! on est toutes aussi bêtes !... Il y a pas d'espoir à avoir. Donnez-vous du mal ! risquez six mois pour ces mignonnes ; comme ça, pour rien, par amitié ; elles, elles sont déjà en train de choisir le prénom du prochain... *(Elle lui caresse les cheveux doucement.)* Alors, tu veux toujours pas me le dire, le nom de celui qui t'a fait ça ?

ADÈLE, fermée.

Non. Je peux pas.

MARIE-JEANNE *lui demande insidieuse* [1].

Pourquoi tu peux pas, ma poule ? Pourquoi tu n'as pas confiance dans la vieille ? Elle en sait long pourtant et tu sais bien qu'elle arrange toujours tout. *(Le petit Séminariste paraît soudain en haut des marches comme la première fois. Il s'arrête muet, pâle. Elle lui crie :)* Alors te revoilà toi ? C'est du cirage pour tes chaussures ? C'est du café ? C'est la messe que tu veux nous dire ? Je t'ai déjà dit qu'il y avait des sonnettes pour les gens d'en haut !

LE SÉMINARISTE, *tout pâle,*
articule avec peine.

Qu'est-ce que vous êtes en train de lui faire boire ?

MARIE-JEANNE, *dure.*

Ça te regarde ?

LE SÉMINARISTE

Oui. *(Il descend, soudain courageux. Il arrache le bol des mains d'Adèle épouvantée et demande encore :)* Qu'est-ce que vous êtes en train de lui faire boire ?

---

1. ***Insidieuse*** : perfide, qui tend un piège.

MARIE-JEANNE, *goguenarde,*
une mauvaise lueur dans les yeux.

Goûte. Tu verras bien. C'est une tisane pour les coliques. Elle a des coliques cette fille.

LE SÉMINARISTE *repose le bol,*
tremblant de rage et de honte.

C'est indigne.

MARIE-JEANNE, *rigolarde.*

On n'a plus le droit d'avoir des coliques, curé ? C'est un péché maintenant ?

LE SÉMINARISTE, *presque ridicule*
avec un sanglot dans la voix.

Ah ! ne riez pas ! Je vous défends de rire de ça !

MARIE-JEANNE, *dure.*

Je suis ta mère. Et je peux rire quand je veux, de ce que je veux, curé.

LE SÉMINARISTE, *sourdement.*

Oui, vous êtes ma mère. *(Il se durcit.)* Je quitterai le séminaire. Je l'épouserai. Je l'aiderai à élever cet enfant. Servir un seul pauvre et le sauver c'est aussi bien que de servir Dieu.

MARIE-JEANNE *s'avance, lourde.*

Écoute-moi bien, curé. Les mots, moi, ça ne m'impressionne pas. Tu es un petit puceau, la goutte au nez ; tu crois encore qu'ils veulent dire quelque chose, ça te passera, comme aux autres. Tu apprendras que la vie, la vraie, elle coïncide jamais avec les mots. Mais, en attendant, tu es mon fils. Que ça te chante ou non. Et moi je sais ce que je veux et ce que je ne veux pas. Et je suis ta mère.

LE SÉMINARISTE *crie de toutes ses forces.*

Non.

MARIE-JEANNE

Si. *(Elle le gifle deux fois de toutes ses forces et dit simplement :)* La preuve ! *(Elle poursuit, sourdement.)* Je la jetterais plutôt à la Seine dans un sac, comme je m'apprête à y jeter son corniaud à cette traînée, que de te laisser t'embarrasser d'elle. Regarde-moi bien. La Marie-Jeanne, elle s'en fout des lois et des gendarmes, et du bon Dieu par-dessus le marché. Aller faire la vaisselle en prison ou continuer à la faire ici, jusqu'à ce que je crève, c'est pareil pour moi. Regarde mes mains. Regarde-les, les mains de ta mère… *(Elle les lui tend et dit sourdement :)* Je te jure que je l'étranglerai avec ces deux mains-là, s'il le faut, mais que tu n'épouseras jamais une bonne.

LE SÉMINARISTE

Je suis un paysan et le fils d'une bonne.

MARIE-JEANNE, *sourdement.*

Justement. Ça suffit d'une. Tu n'en auras pas deux dans ta vie. C'est moi qui te le dis. Je t'ai fait curé pour t'éviter ça. *(Un temps, elle dit :)* Remonte maintenant.

LE SÉMINARISTE

Non.

MARIE-JEANNE

Tu n'es pas encore assez grand pour dire non à ta mère. *(Elle le gifle encore une fois de toutes ses forces. Il ne bouge pas, tout pâle.)* Remonte !

Un silence. Il ne bouge pas, la fixant. Elle soutient son regard, farouche. Une sonnerie dans la cuisine. Le tableau s'allume.

LE SÉMINARISTE, *d'une voix blanche.*

On vous sonne.

MARIE-JEANNE

Pour les comptes du matin. Je sais. Je les emmerde. Remonte. Là-haut tu vas dire que tu as reçu une lettre, qu'on te rappelle au séminaire. Que tu dois prendre le train ce soir.

LE SÉMINARISTE

Je suis un paysan comme elle. Cet enfant vivra et je l'épouserai !

MARIE-JEANNE

Cet enfant crèvera tout seul ou avec elle, mais tu ne l'épouseras jamais. Je ne peux pas t'empêcher de dire là-bas que tu ne veux plus être curé. Mais je peux t'empêcher d'épouser une bonne. Tu t'engageras. Tu devanceras l'appel. Tu seras soldat ; ça te fera du bien et tu pourras t'envoyer toutes les poufiasses d'Algérie. Ça ne manque pas les filles, tu sais. Je t'en trouverai si tu as peur tout seul. Mais pas celle-là. Pas une que tu as pitié, pas une que tu crois que tu aimes, corniaud ! *(Elle s'en retourne à sa table.)* Laisse-moi faire mon déjeuner maintenant.

LE SÉMINARISTE *crie, touchant, presque ridicule.*

Personne ne peut rien contre l'amour !

MARIE-JEANNE *se retourne, flamboyante et calme étrangement.*

Si, moi, lavette. Moi je peux. J'ai un compte à régler avec lui. Et tu veux voir comment je les règle mes comptes ? Tiens ! *(Elle sort un lapin vivant d'un panier.)* Tiens, regarde, c'est pas difficile, devant toi. Ça demandait qu'à vivre, ça aussi c'est une créature du bon Dieu et c'est aussi innocent qu'un petit d'homme. Mais les maîtres ils ont envie d'un pâté de lapin demain pour commencer, parce que c'est ma spécialité, alors les lapins il faut qu'ils y passent, et les mains de cuisinière c'est fait pour ça. Une seconde qu'il me faut, le temps qu'il fasse gligligli, qu'il gigote un peu, l'œil qui ne comprend pas et puis un peu de sang aux lèvres. *(Elle tue le lapin sous son nez.)* Tiens ! Le voilà ton amour, corniaud ! *(Elle lui jette le lapin tué au visage ; il s'essuie tout pâle, il ne bouge pas ; soudain, il tombe évanoui. Elle le regarde à ses pieds et retourne à ses occupations en lui jetant simplement :)* Lavette !

ADÈLE *s'est dressée, hurlant.*

Vous l'avez tué !

MARIE-JEANNE, *qui s'essuie les mains.*

Penses-tu, idiote ! C'est le lapin que j'ai tué. Lui, il s'est seulement évanoui comme une demoiselle. Ça a du sang de navet dans les veines. Ça croit que ça va trancher des montagnes et c'est même pas capable de regarder la vie en face, une fois.

ADÈLE, *qui s'est penchée sur le Séminariste et le secoue.*

Il est tout blanc. Qu'est-ce qu'il faut lui faire ?

MARIE-JEANNE, *tranquille.*

Fous-lui une baffe. Ou fais-lui boire un peu de ta tisane. Ça le délivrera peut-être de son petit Jésus !

ADÈLE, *qui s'affaire.*

Il faut desserrer son col… *(Elle murmure soudain étrangement :)* Comme il a la peau blanche !…

MARIE-JEANNE, *qui est venue près d'elle et regarde le petit, doucement.*

Oui, c'est un beau petit Monsieur. Sauf les mains qu'il a de moi. Mais lui, il ne sait pas encore s'en servir. Et si tu l'avais vu tout petit… J'en rougissais comme une gonzesse quand je le lavais. Pas souvent. C'était aussi un plaisir défendu. Dans ce temps-là on n'avait même pas droit à l'après-midi du dimanche tout entier, et il était à la campagne… Juste le temps de l'aller et retour. *(Elle touche doucement les cheveux d'Adèle qui caresse la tête du petit curé.)* Tu es une fille de bon sens, toi, Adèle. On est pareilles toutes les deux. Les petits Messieurs c'est pas pour nous… Moi, je t'aide, ma poule, et je risque gros en t'aidant. Il y a des femmes qui t'auraient demandé des mille et des cents, que toutes tes économies y auraient passé, pour t'aider. Forcément, il y a le risque. Moi, je t'aide pour rien. Seulement toi, il faut m'aider aussi, ma poule. Il faut lui dire que tu ne veux pas de lui. Dans deux mois, ça lui aura passé. Et pour toi aussi, ça vaudra mieux. Un jour, il te le reprocherait d'avoir épousé une bonne. *(Adèle sanglote couchée sur le petit. La Vieille accroupie lui caresse toujours la tête presque tendrement.)* Tu as le cœur gros, je sais. Moi aussi, je l'ai eu gros. À en éclater… Mais on n'en meurt pas. On meurt de rien puisque je suis encore vivante. Surtout pas d'un cœur trop gros. *(Elle a pris le bol de tisane sur la table.)* Allez ! Finis-la, ta tisane. Que ton ventre au moins il soit plat. *(Elle ajoute d'un autre ton.)* Et puis après tu me dépiauteras mon lapin. Avec cette histoire, moi, je l'ai tué trop tôt. Il va falloir que je le prépare dès ce matin.

Le noir soudain.

L'AUTEUR *glapit dans le noir.*

Mais enfin, pas encore un noir, bon Dieu ! Je déteste ça. C'est trop facile de faire des noirs à tout bout de champ !

Le Commissaire a allumé une allumette. L'Auteur fait de même avec son briquet. On voit leurs deux visages dans le noir à la lueur des petites flammes.

L'AUTEUR, *dont la mauvaise humeur grandit.*

J'ai horreur de ce genre de théâtre ! Tout cela aurait dû être transposé. C'est dégoûtant et en même temps c'est l'*Arlésienne* … Ils vont me déshonorer devant tout Paris. Ça m'est égal, je ne signe pas la pièce.

LE COMMISSAIRE, *reniflant un peu.*

N'empêche que c'était rudement bien, la scène. On aurait dit du cinéma.

L'Auteur

Vous avez un goût déplorable, mon vieux. Moi je ne crois qu'à la comédie.

Le Commissaire, *avec un certain bon sens.*

Alors, il fallait en faire une… Après tout, personne ne vous a obligé à les imaginer tous, ces gens…

L'Auteur

C'est eux qui sont venus me chercher. *(Il crie aux cintres :)* Voulez-vous me donner les projecteurs du manteau et la rampe, s'il vous plaît ? Et dorénavant, attendez mon signal pour faire des effets de lumière. Qu'est-ce que c'est que cette façon de jouer avec les éclairages ? Les acteurs, c'est fait pour être vus. La pénombre ça ne fait plaisir qu'au metteur en scène. *(La lumière est revenue brusquement, il n'y a plus personne dans la cuisine.)* Il faut que ça roule maintenant. Il est plus de onze heures et il y a encore tout à jouer… *(Il crie vers les coulisses :)* Allez, en scène, en scène tous… *(Personne ne vient.)* Où sont-ils passés ?

Il sort dans les coulisses, furieux.
Le Commissaire s'avance et confie au public :

Le Commissaire

Moi, j'ai toujours dit que ça devait mal finir. Ça ne vous agace pas, vous, de ne pas savoir qui l'a tuée, la cuisinière ? *(L'Auteur rentre, abattu. Le Commissaire l'interpelle, goguenard.)* Alors ?

L'Auteur

Ils ne sont pas dans les coulisses. Je ne sais plus où ils sont passés. Ils ont disparu… Volatilisés. Voilà ce que c'est, de ne pas écrire les pièces !

Le Commissaire

Heureusement que moi, je suis encore là !

L'AUTEUR, *qui s'est assis, sombre.*

Oui. C'est peu.

LE COMMISSAIRE

On pourrait peut-être finir la soirée à nous deux ? Je connais un monologue comique, d'un auteur belge, qui est extrêmement drôle.

L'AUTEUR

Ah ! non ! Je vous en prie, mon vieux ! Taisez-vous !

LE COMMISSAIRE

C'est bon. Je me tais. Je me tais. Mais ça va faire un froid. Forcément. *(Il suggère encore.)* Vous pourriez peut-être leur réciter la tirade des Nez [1] ?

L'Auteur le foudroie d'un regard noir. Entre le Séminariste.

LE SÉMINARISTE

Monsieur, mes camarades m'ont délégué auprès de vous. Ils ne voudraient pas que vous vous mépreniez sur leur refus. Ils n'ont aucune espèce d'animosité [2] contre vous, Monsieur, certains même vous doivent beaucoup et ils le savent… Mais ils ont comme une sorte de gêne… Oui, c'est cela, de gêne. Ils ont l'impression que certaines précautions – sans doute louables – que vous prenez pour ne pas heurter le public, les empêchent d'être honnêtement eux-mêmes. C'est une histoire atroce, Monsieur, inhumaine, mais maintenant qu'elle est commencée, maintenant qu'elle est à demi vraie, si nous ne devons pas la jouer honnêtement, mes camarades et moi, nous avons le sentiment qu'il vaut mieux que

---

1. ***Tirade des Nez*** : allusion à la pièce d'Edmond de Rostand, *Cyrano de Bergerac* (1897), dans laquelle le personnage éponyme adresse à celui qui l'offense au sujet de son nez disgracieux une longue réplique consacrée à cet « appendice », scène d'anthologie du théâtre français.

2. ***Animosité*** : hostilité.

nous rentrions dans notre néant[1]. Que nous redevenions ces idées informulées, ces possibilités vagues que nous étions avant que vous ne pensiez à nous… Peut-être que cette histoire aurait mieux fait de rester comme une méduse sans forme flottant entre deux eaux, dans votre subconscient[2]… Oui, peut-être cela aurait-il été mieux pour tout le monde que nous n'ayons pas été attirés je ne sais d'où, pour venir nous coller à elle… Mais nous sommes là maintenant, Monsieur, nous avons commencé à la vivre et il faut considérer cela. Personnellement, si fort que je doive souffrir, je dois faire ce que j'ai à faire maintenant. Il ne fallait pas m'inventer et m'inventer ce destin et cette mère et faire naître ma honte… Il ne fallait pas caresser dans votre esprit, entre les différents possibles, cette minute affreuse qui me reste à vivre… Pour vous, ce n'était qu'un caprice de votre imagination, vous étiez en train de faire votre métier, vous cherchiez à construire une pièce. Vous n'auriez peut-être pas dû, mais vous l'avez fait. Alors maintenant, il faut nous laisser. Ne plus intervenir jusqu'à la fin. *(Un temps. Il dit calmement :)* Si vous êtes d'accord pour nous laisser faire, je vais monter là-haut et je vais prendre la scène des enfants et après, il faudra que tout se déroule dans l'ordre. Sinon, acceptez que nous disparaissions.

L'Auteur l'a écouté, la tête dans ses mains ; il dit simplement, sans bouger, plus drôle du tout :

L'AUTEUR

C'est bien, allez-y. Mais en effet… je voulais vous dire… d'abord que je n'aurais peut-être pas dû… et puis… *(Il dit soudain :)* Je vous demande pardon, mon petit. Vous savez, on cherche, on cherche, on remue les idées…

---

1. ***Néant*** : inanité ; ce qui n'existe pas encore ou n'existe plus. Les personnages préfèrent mourir plutôt que ne pas jouer la pièce, aussi lugubre soit-elle.
2. ***Subconscient*** : ensemble des phénomènes ignorés par la conscience à un moment donné mais qui néanmoins transparaît dans la vie psychique.

LE SÉMINARISTE, *doucement.*

Le mal est fait maintenant, Monsieur. Et qui sait, peut-être cela vaut-il mieux que de ne pas vivre du tout.

Il est sorti.

Le noir s'est fait en bas sur scène.
Le haut s'éclaire doucement. On découvre les deux enfants agenouillés pour leur prière du soir devant la table encombrée des livres et des cahiers de leurs devoirs. L'abbé les a rejoints et s'agenouille près d'eux.
La Comtesse va entrer en silence et écouter leur prière.
En bas, le Commissaire s'est un peu éloigné ; on devine seul dans l'ombre l'Auteur, sur sa chaise, qui les regarde et qui écoute, angoissé.

LES ENFANTS, *ensemble.*

Mon Dieu, nous vous demandons que toutes les choses restent pures et bonnes comme vous les avez créées. Que vous conserviez toujours la santé…

Ils s'arrêtent.

LE SÉMINARISTE *leur souffle.*

Et la paix de l'âme…

LES ENFANTS *reprennent.*

Et la paix de l'âme à notre cher papa et à notre chère maman. Nous vous demandons aussi votre…

Ils s'arrêtent.

LE SÉMINARISTE *leur souffle.*

Bénédiction spéciale…

LES ENFANTS *reprennent.*

Bénédiction spéciale pour notre petit frère Thibaut qui vient de naître, afin que vous le combliez…

LE SÉMINARISTE

De tous vos dons les plus précieux…

LES ENFANTS

De tous vos dons les plus précieux. Ainsi soit-il.

Ils se lèvent, bruyants.

L'AÎNÉ

Maman, nous avons le droit de jouer un peu avant de monter nous coucher ? Nous avons été sages ?

LE CADET, *en écho.*

Nous avons été sages.

LA COMTESSE

Montez jouer chez vous cinq minutes et sans faire de bruit pour ne pas réveiller votre frère, et après vous demanderez à Nounou de vous déshabiller.

L'AÎNÉ, *sortant.*

Merci, maman !… Maman, vous lui direz que nos prières sont faites. Elle ne veut jamais nous croire, elle veut nous les faire recommencer. C'est la barbe !

LE CADET, *en écho.*

C'est la barbe !

LA COMTESSE *sourit.*

Oui, je lui dirai.

Ils sont sortis.

Le Séminariste, tout pâle, a ramassé les livres, il s'arrête.

LE SÉMINARISTE

Puis-je vous parler un instant, Madame ?

La Comtesse, qui allait sortir, le regarde, un peu étonnée de son ton.

LE SÉMINARISTE, *soudain.*

Madame, je ne peux plus faire réciter leur prière aux enfants. Je ne peux plus prier moi-même.

LA COMTESSE, *interdite, murmure.*

Monsieur l'Abbé...

LE SÉMINARISTE

Vous êtes bonne, Madame. Je le sais. Je suis peut-être très jeune, impressionnable et sans doute maladroit... *(Il ajoute :)* Peut-être indigne aussi ? Je ne puis m'occuper, comme je le devrais, de ces deux jeunes âmes. Je vais prendre la liberté de vous demander de...

Sa voix meurt, il est comme égaré.

LA COMTESSE, *doucement.*

Remettez-vous, Monsieur l'Abbé. Vous me paraissez, en effet, bien troublé. Nous sommes, pour notre part, tout à fait contents de vous et de votre influence sur les enfants... Vous avez été reçu ici sur la recommandation d'une personne que nous connaissons et que nous estimons depuis très longtemps.

LE SÉMINARISTE *a repris.*

C'est sans doute la réaction d'un très jeune homme et d'origines modestes, Madame... Il y a dans le spectacle de cette paix, de ce bonheur, de cette clarté – dans le spectacle de ces deux enfants bons et charmants, miraculeusement protégés de toute souillure – de l'idée même de toute souillure – de tout contact avec la réalité horrible des choses – et cela si près, à deux pas, de ce que la vie peut offrir de plus laid et de plus sordide – mêlé à elle en quelque sorte – et destiné à l'ignorer à jamais... quelque chose... *(il cherche ses mots, angoissé)* d'affreux, oui, d'affreux, de dérisoire qui me ferait douter de ma vocation.

LA COMTESSE

Je vous comprends mal, Monsieur l'Abbé.

LE SÉMINARISTE, *comme pour lui, égaré.*

Si je dois être prêtre quand même, je demanderai à servir dans la plus pauvre, la plus déshéritée des paroisses pour me mêler à eux, pour me mettre plus bas qu'eux. Je veux qu'ils se mettent à table une fois et que ce soit moi qui les serve, que ce soit moi qui lave leurs écuelles grasses après, dans la puanteur et l'ordure qui colle aux doigts. *(Il crie soudain, nerveusement :)* Et pourtant, je hais tout ça ! Je hais les pauvres ! Je hais la misère, elle me répugne !

Il s'est écroulé, sanglotant, la tête sur les genoux de la Comtesse interdite. Elle a un geste inachevé vers sa tête ; elle murmure :

LA COMTESSE

Vous êtes en effet tout jeune, Monsieur l'Abbé. Remettez-vous. Ou plutôt pleurez. Cela doit vous faire du bien. Nous bavarderons de confiance après tous les deux et je pourrai peut-être vous aider. Du moins ferai-je de mon mieux, si j'arrive à vous comprendre…

LE SÉMINARISTE *relève la tête*
et la regarde, les yeux durs.

Vous ne le pourrez pas. Vous êtes bonne et vous ne le pourrez pas. On ne peut pas. *(Il dit soudain.)* Madame, il y a en bas, employée chez vous, une très pauvre jeune fille… Vous ne pouvez sans doute pas concevoir ce que la cruauté des hommes et de la vie peut accumuler de laid sur un seul être qui reste tout de même pur et innocent dans son ordure. Comme nous devons l'être tous. Ceux qui ignorent et même ceux qui lui ont fait du mal… Mais vous, vous pouvez peut-être. Vous devriez trouver quelque chose au fond de votre cœur. Quelque chose de vrai, quelque chose qui ne ressemble pas à ces bonnes paroles ou à ces secours d'argent dérisoires avec lesquels on se débarrasse des pauvres. Oh, Madame !… Si vous pouviez inventer quelque chose qui fasse sourire une fois, l'impitoyable justice de Dieu…

Il est retombé, sanglotant, la tête sur ses genoux. La Comtesse, qui est au bord des larmes, lui dit doucement avec le même geste timide et inachevé à sa tête.

LA COMTESSE

Vous me touchez infiniment, Monsieur, si je ne vous comprends pas bien encore. Je vous promets que je vais m'efforcer de chercher avec vous si je peux faire quelque chose pour la personne dont vous me parlez… Expliquez-moi mieux. Qui est-ce ?

La lumière a baissé là-haut jusqu'à ce qu'on ne fasse plus que deviner les personnages. Ils sortent. Elle est remontée sur l'Auteur et le Commissaire.

LE COMMISSAIRE, *toujours ému et reniflant après ce genre de scène.*

Alors, c'est là qu'elle a décidé, si je comprends bien, de descendre proposer à la petite d'être la marraine de son dernier-né ?

L'AUTEUR, *sourdement, comme ayant honte.*

Oui. C'est affreux.

LE COMMISSAIRE

Pourquoi ? C'était plutôt gentil comme idée.

L'AUTEUR, *doucement.*

Non, mon vieux. Vous ne comprenez décidément pas grand-chose : c'était horrible. *(Les domestiques sont entrés en bas dans la demi-pénombre. Ils se mettent en rang, semblant attendre. L'Auteur se lève et entraîne le Commissaire.)* Venez. Laissons-les. Je ne veux pas voir ça, c'est trop pénible.

LE COMMISSAIRE

Dites donc, c'est vous ou c'est pas vous qui l'avez inventée, cette histoire ?

L'Auteur a un geste désemparé.

Ils sont sortis.

Là-haut où la lumière est devenue éclatante, la Comtesse entre vivement, suivie du Comte. Il est en habit, son haut-de-forme[1]*, sa canne à la main, il allait sortir.*

LE COMTE

Vous n'allez pas faire cette folie !

LA COMTESSE

Pardonnez-moi, mon ami, mais je vais la faire.

LE COMTE, *s'efforçant au calme.*

Évangéline, je ne vous ai jamais commandé quelque chose et je vous demande pardon d'avance de ce qu'il peut y avoir d'un peu odieux et, je le crains, de ridicule, dans mon attitude toute nouvelle de chef de famille, mais il s'agit de mon fils. Cette question me concerne autant que vous et je vous interdis de faire ce que vous avez projeté.

LA COMTESSE, *doucement mais fermement.*

Je descendrai. Je le ferai. Pardonnez-moi un grand mot, à moi aussi, c'est Dieu qui me l'a commandé, mon ami.

LE COMTE *hausse les épaules, un peu sec.*

Dieu n'a jamais commandé quelque chose de grotesque à personne ! Vous vous êtes laissé monter la tête par un petit jeune homme trop romanesque, sur l'esprit faux duquel il y aurait beaucoup à dire… Évangéline, pour la première fois, vous me décevez. Vous êtes très jeune, peut-être ne suis-je pas si drôle que je me le figure, après tout, et peut-être vous ennuyez-vous… Cela, je peux le comprendre. J'aurais admis que vous ayez envie de vous amuser, même sans moi. Avec certaines formes tout est

---

1. ***Haut-de-forme*** : chapeau haut et cylindrique.

admissible. Mais que vous tombiez dans la bigoterie, sous le prétexte que vous ne savez pas quoi faire de votre petite personne, cela je ne le tolérerai pas ! Ayez un amant – un amant convenable, si vous avez absolument besoin de quelqu'un pour occuper vos journées, sacrebleu ! J'aurais moins honte.

LA COMTESSE *sourit doucement.*

Mais moi j'aurais honte, mon ami. J'ai les idées beaucoup moins larges que les vôtres. Pourtant pour une fois, et sur ce point précis, peut-être parce que ce petit prêtre m'a fait comprendre quelque chose que je n'imaginais même pas, je les aurai plus larges que vous. Je sais que votre orgueil et votre vanité – pardonnez-moi le mot – peuvent être facilement blessés. Mais ne me décevez pas pour la première fois, à votre tour. Laissez-moi descendre de bonne grâce et faire ce que j'ai projeté.

LE COMTE, *de glace.*

C'est impossible.

LA COMTESSE

Pourquoi est-ce impossible ? Je veux faire ce grand cadeau à cette jeune fille. Je veux qu'une fois, une seule fois peut-être – mais elle aura été –, les choses se passent autrement qu'elles se sont toujours passées.

LE COMTE

Évangéline, vous n'êtes pas seulement naïve. Vous êtes ridicule en ce moment. Et il n'est pas de péché plus irrémissible [1] que celui-là. Votre tante de Guermantes devait être la marraine de cet enfant.

LA COMTESSE

Ma tante de Guermantes est une grande dame. Elle comprendra qu'il y avait quelqu'un au-dessus d'elle devant Dieu qui devait

1. ***Irrémissible*** : impardonnable.

honorer davantage Thibaut. La plus pauvre fille de cette maison. Et je suis sûre qu'elle s'inclinera de bonne grâce. *(Elle lui dit, soudain plus grave :)* Je suis croyante, moi, Thibaut, et c'est la première fois – aidée par ce jeune prêtre – que je sens que je vais faire quelque chose qui ressemble un peu à ce que nous a demandé le Christ. Autre chose qu'un geste.

LE COMTE *lui crie, agacé.*

Ce ne sera précisément qu'un geste ! Et un geste théâtral, ce qui est pire. Une simple flatterie de votre orgueil.

LA COMTESSE, *sincèrement surprise.*

De mon orgueil ? Je vais demander à une servante d'être la marraine de mon fils à la place d'une duchesse et cela serait de l'orgueil ?

LE COMTE

De la pire espèce ! Et vous venez de l'avouer à l'instant en vous gargarisant[1] du mot duchesse et du mot servante. Les pauvres n'ont que faire de vos mots et de vos bonnes intentions. Ils n'ont que faire de votre grande âme attendrie. Ils n'ont que faire de votre charité. Ils n'ont qu'une soif, qu'une exigence, c'est d'être respectés, eux aussi. Les pauvres sont très pointilleux sur l'étiquette, beaucoup plus que nous. Et il n'est pas une nuance qui leur échappe. Vous ne pouvez honorer avec votre mascarade qu'un domestique d'âme et de profession comme Romain. Si cette fille a un peu de qualité, vous la blesserez, tout simplement.

LA COMTESSE

Qu'en savez-vous ? Vous êtes un homme dur et frivole. Vous n'avez pas de cœur.

1. ***En vous gargarisant*** : en vous délectant, prenant plaisir à.

LE COMTE, *sec.*

J'ai le cœur que je peux, ma chère. Mais ce que je vous dis là, j'ai payé assez cher pour le savoir. C'est pourquoi vous devriez me faire la grâce de m'écouter. Je vous ai dit que l'expérience que vous voulez tenter, je l'avais faite. Et qu'elle avait été un échec.

LA COMTESSE, *avec une ironie presque méchante soudain.*

Mon ami, je crains que nous n'allions au-devant des pires vulgarités si nous commençons à nous disputer tous les deux là-dessus. Mais ce n'est pas parce que vous avez eu une aventure – vous n'êtes ni le premier ni le dernier et ce n'est pas un titre extraordinaire après tout – avec une femme de chambre de votre première femme, il y a vingt ans, qu'il faut croire que vous êtes seul qualifié pour savoir ce que peuvent penser ces pauvres gens – qui sont bien meilleurs et bien plus simples que vous, je vous l'assure.

LE COMTE

Ils ne sont ni meilleurs ni plus simples. Ils sont autres profondément, voilà tout. Et eux le savent. C'est pourquoi ils nous demandent de nous tenir convenablement. *(Il enchaîne.)* J'ai aimé Marie-Jeanne.

LA COMTESSE, *se détournant.*

Si vous voulez bien, nous ne reparlerons pas de cela. C'est odieux.

LE COMTE, *dur.*

C'est odieux, mais nous en reparlerons, maintenant ou jamais. J'ai aimé Marie-Jeanne. La Comtesse n'était que la femme que m'avait donnée mon père. Elle, a été ma vraie femme – cinq ans. Je vous épargnerai les détails.

LA COMTESSE, *raide.*

Vous ferez bien.

LE COMTE

Avec une conscience aussi aiguë – croyez-le – que je l'ai aujourd'hui, de la folie que j'allais commettre j'ai voulu partir, me cacher quelque part avec elle, et vivre. Ma fortune était alors entièrement entre les mains de ma femme, comme ma fortune actuelle est entièrement entre vos mains ; je n'ai jamais possédé que mon nom et beaucoup de cravates. Et je suis probablement un incapable. Mais je peignais… Oui. Vous ne l'avez pas su, je n'ai jamais peint depuis, mais je peignais. Et Lautrec, qui était un peu mon cousin, m'assurait que j'avais du talent. J'ai dit à cette… Vous voyez, je cherche mes mots moi aussi, j'ai dit à cette fille – c'est le bon – que je pourrais gagner notre vie, non pas en vendant mes toiles, je n'avais pas tant de prétentions, mais peut-être en donnant des leçons de dessin quelque part, à l'étranger. Cette fille – donc – qui n'avait rien à perdre et qui m'aimait – croyez-le si je vous le dis aujourd'hui – cette fille m'a dit non. Elle. C'est elle qui m'a dit que je ne devais pas faire cela, et pourquoi. C'est elle qui m'a dit que nous n'étions pas du même monde – orgueilleusement – et que l'amour n'était qu'un accident banal. Et de ce jour, elle a rompu avec moi. Et pour que ce soit bien sûr, bien définitif, elle s'est donnée au garçon d'écurie qui la courtisait. Elle doit être encore sa maîtresse, c'est une fille qui n'aimait pas le changement. Il est devenu votre cocher, si vous voulez tout savoir. Et depuis, elle est restée en bas – et je n'ai jamais pu la revoir.

LA COMTESSE, *sourdement, après un silence.*

Et vous avez vécu à l'étage des maîtres la laissant en bas ? *(Elle dit soudain après un petit temps :)* Vous me faites horreur.

LE COMTE, *raide.*

J'ai vécu, comme vous dites. Et aussi bien que possible, car j'estime que c'est un devoir. Et j'ajouterai, mon devoir envers elle, qui avait voulu cela dans l'orgueil naïf de son sacrifice. J'ai cru que tout ce que je pouvais lui donner – d'égal à égale – était de respecter sa décision. Et de rester là où elle le désirait.

LA COMTESSE *murmure encore.*

Quelle horreur.

LE COMTE, *froid.*

Oui. Quelle horreur. Mais c'est ainsi. C'est cette fille qui m'a appris qu'il y avait – pardonnez-moi un bien grand mot, j'ai conscience d'être un peu grotesque en ce moment – des âmes *(il cherche le mot, par pudeur)* assez grandes – il y en a peu mais il y en a – pour regarder la réalité en face. *(Il se tait soudain. Il allume un cigare, s'assoit dans un fauteuil, redevenu ironique et léger.)* Je vous ai avertie maintenant. Je ne puis pas vous prendre à bras-le-corps, ni vous enfermer à clef.

LE SÉMINARISTE *a gratté à la porte.*
Il paraît, timide, mais les yeux brillants.

Madame la Comtesse, ils nous attendent.

LA COMTESSE, *brusquement.*

Nous descendons.

Elle sort avec lui.

La lumière est remontée en bas où les domestiques attendent toujours.

LE PÈRE ROMAIN

Un peu de patience, mes amis. Monsieur l'Abbé est monté la chercher. Madame la Comtesse ne saurait tarder. *(Après un temps, il se retourne, raide, vers Marie-Jeanne :)* Madame Marie-Jeanne, je fais depuis assez longtemps ce métier pour y avoir appris, par expérience, que la caste de Mesdames les cuisinières est particulièrement jalouse de ses petites prérogatives. Et que c'est une tradition dans les meilleurs maisons de passer sur leurs fantaisies, eu égard à leur talent. Cependant, une dernière fois, voulez-vous avoir l'obligeance de mettre votre bonnet ?

MARIE-JEANNE

Non.

LE PÈRE ROMAIN

Vous le mettez bien pour monter vos comptes le matin.

MARIE-JEANNE

Je fais ce que je veux. Je n'ai jamais mis de bonnet chez moi.

LE PÈRE ROMAIN *constate, sinistre.*

Il y aura donc une faille.

À ce moment, par le grand escalier, on voit passer en cortège, la Comtesse, la Nourrice portant le bébé, le Séminariste et les enfants qui descendent à la cuisine. Adèle, qui faisait des efforts courageux pour rester debout, tombe soudain à demi évanouie dans les bras des autres.

ADÈLE

Je crois que je ne peux rester debout plus longtemps.

LE PÈRE ROMAIN *se précipite, glapissant.*

Allons bon ! Qu'est-ce que c'est que ces façons ! Au moment où Madame la Comtesse descend. Levez-vous ! Debout ! Tenez-vous debout.

Il la gifle furieusement pour la faire revenir à elle. Il y a un désordre complet en bas. Tout le monde entoure Adèle évanouie. Le père Romain, débordé, glapit en courant de droite et de gauche pour tâcher de contenir son monde.

À vos rangs ! À vos rangs ! À vos rangs tout de suite !

Et c'est à ce moment qu'en cortège la Comtesse avec ses deux jeunes garçons, suivie de la Nounou enrubannée qui porte cérémonieusement dans ses bras le nouveau-né enfoui dans un flot de dentelles, paraît dans la cuisine, suivie du Séminariste ému aux larmes.

© Agence Bernand

■ La Comtesse (Valérie Lesage, debout) et Adèle (Caroline Victoria) dans la mise en scène d'Yvan Garouel (1997).

LA COMTESSE *s'arrête, étonnée.*

Mais qu'a cette jeune fille ?

LE PÈRE ROMAIN

Un incident, Madame la Comtesse ! Ce n'est rien. Ce n'est rien du tout ! L'émotion. Vous voyez, elle revient à elle. Debout vous ! Debout ! Et à votre place !...

La Comtesse, dans la curiosité générale, va jusqu'à Adèle qu'on a remise debout à son rang tant bien que mal, tout ahurie ; elle s'arrête devant elle, gracieuse.

LA COMTESSE

Mademoiselle, c'est vous que je suis descendue voir. Et j'ai tenu à ce que tous vos camarades soient réunis autour de vous. Regardez ce petit garçon, Mademoiselle, c'est mon dernier-né. Il s'appelle Thibaut, comme son papa. Mais c'est le nom que Monsieur le Comte et moi lui avons choisi à sa naissance. Il doit avoir un autre nom, qui sera aussi son nom de baptême et ce second nom, c'est à vous que je veux demander de le choisir. *(Adèle la regarde ahurie. La Comtesse reprend :)* Mademoiselle, je suis descendue vous demander si vous vouliez bien accepter d'être la marraine de mon fils.

Il y a un silence stupéfait dans la cuisine. Adèle la regarde sans répondre.

LA COMTESSE *sourit.*

Je sais. Vous êtes surprise. Mais ce ne peut être une surprise que pour ceux qui ne savent pas que le courage, l'humilité du cœur et la volonté de faire toujours bien son ouvrage à la place que Dieu nous a choisie, sont les plus grandes vertus que nous devions honorer. Je suis sûre que vous saurez m'aider à les apprendre à notre petit Thibaut, et que plus tard, il sera fier d'avoir une telle marraine. *(Adèle la regarde, toujours ahurie. La Comtesse continue gaiement au milieu de la gêne qui grandit, sauf chez le père Romain qui glousse de plaisir comme un dindon.)* Allons ! Il faut que vous fassiez un peu connaissance tous les deux et que vous le preniez dans vos bras…

Elle a pris le bébé des bras de la Nounou et le met dans les bras d'Adèle qui le regarde, ahurie, muette. Soudain, elle pousse un hurlement de bête, remet le bébé dans les bras de la Comtesse et se sauve en courant dans l'arrière-cuisine. La Comtesse est restée interdite.

LE PÈRE ROMAIN *glapit.*

C'est insensé ! C'est insensé ! Un tel honneur ! Rattrapez-la, vous autres ! Rattrapez-la immédiatement.

Ceux qui se sont précipités à la suite d'Adèle qui sanglote écroulée sur la table de l'arrière-cuisine, crient :

VOIX

Elle veut pas venir ! Elle dit qu'elle veut pas venir !

LE PÈRE ROMAIN, *au bord de la crise d'hystérie, c'est un justicier flamboyant.*

Pieds et poings liés ! Qu'on la ramène ! Corde au cou ! Je prie Madame la Comtesse d'accepter toutes nos excuses. À tous ! Cet incident nous déshonore tous ! C'est un scandale sans précédent ! Sans précédent !

MARIE-JEANNE *a fait un pas, écartant les autres, elle dit bien en face à la Comtesse.*

Vous n'allez pas lui foutre la paix à cette petite ?

LE PÈRE ROMAIN *pousse un hurlement terrible.*

Madame Marie-Jeanne ! A Madame la Comtesse !… *(Il se retourne vers la Comtesse ; blême, il halète.)* Madame la Comtesse… Madame la Comtesse… je prie Madame la Comtesse d'accepter ma démission. Je suis déshonoré.

Il sort comme un fou, peut-être pour se pendre. Les autres, un peu fayots comme on dit en jargon militaire, ont réussi à ramener Adèle; ils la traînent devant la Comtesse. Adèle crie, se débattant comme une possédée.

ADÈLE

Non, je ne veux pas le voir, je ne veux pas le voir son enfant! *(Ils la maintiennent devant elle; elle crie soudain à la Comtesse comme une folle :)* J'ai un enfant dans le ventre que je suis en train de me faire passer[1]! C'est pour ça que je me suis évanouie.

LA COMTESSE *balbutie sans comprendre.*

Un enfant? Quel enfant?

ADÈLE *lui crie, vulgaire soudain, échevelée.*

Un enfant pas né, tout pareil au vôtre, seulement il est du cocher le mien! Du cocher qui m'a violée un soir dans l'écurie où j'allais lui porter un seau. Dans la crotte! Je suis revenue la robe pleine de crotte et les autres rigolaient parce qu'ils croyaient que j'étais tombée et que c'était pour ça que je pleurais. *(Elle crie à Léon qui recule derrière les autres :)* Ne te sauve pas! Tu es plus courageux quand tu es seul avec moi, hein? Derrière les portes, contre les murs, chaque fois qu'il peut me coincer, il me prend. Et je ne peux même pas crier parce que j'ai peur que les autres sachent et que j'ai trop honte à cause de sa femme. Et il pue! Il me dégoûte! Et il me fait mal et je l'aime pas! *(Elle leur crie, les toisant tous avec soudain une grandeur de reine :)* J'aime personne moi! Même pas elle, qui fait semblant d'être bonne et qui me fait des tisanes pour que ça me passe, entre deux gifles. Ceux qui me giflent, je les aime pas! Même pas lui, avec son bon Dieu, lui qui disait qu'il m'aimait et qui a même pas eu le courage de me tirer des pattes de sa mère, lui qui a rien trouvé d'autre que d'aller

1. ***Faire passer*** : avorter.

pleurer là-haut pour que vous m'ameniez votre lardon [1]. Ceux qui n'ont pas de courage je les aime pas non plus ! *(Elle les regarde tous comme une petite bête qui fait face.)* Je vous hais tous ! Ma mère m'a placée à douze ans. Je vous le pardonnerai jamais. Et mon premier patron, il essayait déjà, alors la patronne elle me battait, mais elle me gardait tout de même parce que j'avais seulement la nourriture et il y a que moi qu'elle pouvait trouver à ce prix-là à gifler et à faire travailler – dès cinq heures du matin – oui, Madame, cinq heures, jusqu'à des onze heures du soir ! – et sans les dimanches, parce qu'il y avait des repas de chasseurs. Ça avait été convenu comme ça avec ma mère, qui était bien contente de se débarrasser de moi parce que mon père, quand il était saoul, il me regardait un peu trop aussi. *(Elle leur crie, flamboyante :)* Ça non plus, je vous le pardonnerai jamais, à tous ! *(Elle les regarde tous, pétrifiés, muets ; elle fixe le Séminariste, son bon petit visage déformé et enlaidi par la haine.)* Et avant chez les bonnes sœurs que j'étais, cureton ! Et c'était pire parce que j'étais la plus petite. Pour nous punir quand on avait dit un gros mot à l'ouvroir [2], elles nous mettaient dans la cour, en hiver, le derrière dans l'eau glacée, et on devait rester comme ça pendant que les autres défilaient devant nous en riant, le cul dans l'eau. *(Elle crie à la Comtesse, blême, comme si ce mot était un exorcisme.)* Le cul dans l'eau, Madame la Comtesse ! Le cul. Le cul. Le cul. Vous entendez ? Et il fallait demander pardon au bon Dieu en plus. *(Elle crie, flamboyante :)* Moi, j'aime pas le bon Dieu !

MARIE-JEANNE *va à elle et lui dit sourdement :*

Arrête, maintenant.

---

1. ***Lardon*** **:** enfant en bas âge (familier).
2. ***Ouvroir*** **:** atelier dans lequel on confectionnait des ornements d'église ou des ouvrages destinés aux pauvres.

ADÈLE *a un frisson, elle reprend plus bas :*

Après, j'ai été chez le pharmacien. Il ne me faisait rien, celui-là ; mais sa femme me trouvait trop jolie, alors elle avait inventé quelque chose… J'avais quinze ans…

Et soudain elle s'écroule doucement comme une loque sanglotante par terre au milieu de l'épouvante générale. Il y a encore un moment de stupeur, personne n'ose bouger, puis, soudain, l'Auteur bondit des coulisses en hurlant :

L'AUTEUR

Arrêtez ! Arrêtez ! Arrêtez ! C'est impossible. *(Il va à la Comtesse.)* Remontez Madame. Remontez là-haut ; remontez chez vous, vous allez vous évanouir vous aussi. J'avais prévu ce qui allait se passer. J'avais toujours dit qu'il ne fallait pas que cette scène ait lieu ! C'était la porte ouverte aux pires vulgarités, à l'ordure. *(Il prend le bébé de ses bras et le remet à la nourrice.)* Reprenez ça, vous ! Et suivez votre maîtresse. Remontez Madame. Il faut que vous remontiez et que vous oubliez cette scène pénible. Vos intentions étaient bonnes, j'en serai garant. Remontez. Remontez… *(Il voit les enfants et s'exclame :)* Et devant ces enfants ! Tout cela est lamentable et c'est entièrement de ma faute. Je n'aurais pas dû commencer. *(Il a poussé la Comtesse dehors. Il va aux autres qui emmènent Adèle.)* Allez la coucher dans sa chambre, cette pauvre petite, et donnez-lui quelque chose de chaud à boire. *(Il sort avec eux, murmurant :)* Pauvre petit chat, il ne faut pas lui en vouloir. On n'aurait jamais dû lui infliger cette épreuve. C'est de la cruauté inutile. *(Il crie, ridicule :)* Inutile ! C'est une histoire qui n'aurait jamais dû exister, voilà tout. Je ne peux pas croire que la vie soit aussi laide que ça. Il y a tout de même des braves gens partout. C'est un devoir de le dire et d'écrire des pièces où il y a des braves gens et des bons sentiments. *(Il hurle comme un fou :)* Il faut travailler dans les bons sentiments, rien que dans les bons sentiments. Et tant pis pour la littérature. Il n'y a que les hommes de lettres qui se figurent qu'elle a de l'importance.

Tout le monde est sorti.
Seuls trois personnages sont restés en bas face à face,
se regardant : le petit Séminariste, Marie-Jeanne et Léon.
Le Commissaire les épie dans le coin d'un portant, l'œil perçant.

MARIE-JEANNE, *doucement.*

Ordure.

LÉON, *dur.*

Ça va. T'as fait mieux. Et avant.

MARIE-JEANNE

Pas en même temps que toi. Et je te l'ai dit, moi, j'ai été régulière.

LÉON *ricane.*

Je sais ! Les restes. Pour l'office. Comme d'habitude. Tu ne t'es jamais demandé si je n'en avais pas crevé ?

MARIE-JEANNE *lui crie.*

C'était encore trop bon pour toi, les restes ! Tu ne t'es jamais regardé à côté de lui ?

LÉON

J'ai jamais été à côté de lui. Dans la voiture, je lui tourne mon cul, et il est jamais entré dans l'écurie.

MARIE-JEANNE

Me faire ça à moi, toi ? Avec cette paillasse. Sous mes yeux. *(Elle crie, superbe :)* Chez moi !

LÉON, *nez à nez avec elle, haineux.*

Tu es une bonne ici, comme les autres. C'est pas chez toi. Et j'avais de la rancœur à rattraper. *(Ils se regardent encore en silence. Il continue, sourdement :)* Si tu veux savoir, c'est pas la première. Toutes, je les ai eues, les filles qui sont passées à la cuisine. Julie,

Irma, et l'autre petite avant, à qui tu as fait aussi passer son gosse. Il était de moi, celui-là aussi. C'était pour moi que tu risquais la cabane.

MARIE-JEANNE, *entre ses dents.*

Salaud. Tu sais qu'on paie comptant avec moi.

Elle a saisi un couteau sur la table.

LÉON *tire son couteau aussi.*

Attention, pas de joujou. J'en ai un aussi. Si tu piques, je pique. Je t'avertis : c'est entre hommes.

MARIE-JEANNE, *avec un sourire terrible.*

Tu crois qu'on me fait peur à moi ?

LE SÉMINARISTE *hurle soudain.*

Arrêtez !

MARIE-JEANNE *se tourne vers lui,*
semblant le découvrir.

Ah tu es là, toi ? Remonte. C'est pas pour toi, la suite. Tu n'es pas d'ici. Tu es le fils de l'autre, là-haut. Je t'ai eu de lui derrière une porte, moi aussi. Va le retrouver. Tu es un corniaud. Tu es ni d'en haut, ni d'en bas. Pour être d'en haut, il faudrait que tu aies un nom. Et tu n'as que le mien. Et pour être d'en bas, il te manque quelque chose aussi, curé. Monte. Je te dis que ce qui va se passer, c'est pas pour toi.

Ils ont commencé à tourner l'un autour
de l'autre comme deux fauves.

LE SÉMINARISTE *crie.*

Vous n'avez pas le droit ! Vous êtes ma mère ! Donnez-moi ce couteau ! *(Le Séminariste s'est jeté sur Marie-Jeanne pour la désarmer et il crie :)* Vous êtes ma mère ! Vous êtes ma mère ! Vous êtes ma mère !

Le noir se fait soudain.
Dans le noir, on entend le Commissaire
qui a suivi la lutte, très excité, qui crie :

LE COMMISSAIRE

La lumière ! La lumière, bon Dieu ! Juste au moment où on allait savoir !

La lumière revient presque aussitôt.
Tous les domestiques, sauf Romain et Léon, sont autour
de Marie-Jeanne étendue sur la table de la cuisine.
Le Séminariste et le Commissaire ont disparu.

MARIE-JEANNE

Non. Je veux me soigner toute seule. Apportez-moi mes tas de chiffons. Ceux qui sont dans le bas du buffet. J'aime mieux ça qu'un coussin pour me soutenir la tête. D'ailleurs, des coussins, nous, on n'en a pas, en bas. Et puis, j'ai froid. Mettez-moi le grand morceau de soie rouge sur moi. *(Alexis a été au buffet. Il en est revenu portant un tas de chiffons multicolores. On la couvre. Il tient la couronne de reine à la main. Marie-Jeanne a un faible sourire. Elle lui dit doucement :)* J'ai été reine à vingt ans, petit. Pose-la près de moi, ma couronne. Les plus belles fesses de Nice, ils ont dit. Hugueline, tu es la moins bête, toi. Dans le tiroir de droite du petit buffet. Là où il y a mes bagues et mes bigoudis. Il y a une boîte. C'est une vieille boîte de vaseline [1] toute rouillée. Tu la vois ?

HUGUELINE

Oui.

MARIE-JEANNE

Apporte. Prends la pommade qui est dedans et mets-la sur la plaie. T'occupe pas du sang. C'est bon, le sang. C'est fait pour couler. Ça lave. *(Elle gémit :)* Et puis serre fort. Avec un torchon ; oui. N'importe lequel. C'est des bêtises, les microbes. Ils ont

1. ***Vaseline*** : pommade.

inventé ça, mais ils savent rien, c'est des ânes. Depuis que les hommes se trouent la peau, ils les ont pas attendus pour se soigner. C'est pas la première plaie que la vieille elle fera fermer à sa façon. Autrefois, on faisait jamais venir le médecin. C'est moi qui soignais tout, les coups de sabot des bêtes et les coups de couteau des hommes.

HUGUELINE, *serrant.*

Ça fait mal ?

MARIE-JEANNE, *qui serre les dents.*

Je m'en fous d'avoir mal. Je l'emmerde, moi, le mal. Je suis forte. Mon père, dis Hugueline, tu écoutes. Mon père…

HUGUELINE

Oui.

MARIE-JEANNE

Il était grand et fort comme moi. Il avait peur de rien. Forgeron, il était. C'était un homme. Il avait tiré un mauvais numéro. Il a fait sept ans. Pendant la guerre de Crimée, on lui a coupé une jambe, sans rien. Il a seulement demandé à garder sa pipe et quand ça a été fini, il a dit merde au major.

On entend en coulisse : « Mais si, c'est par là ! c'est par là ! Nous allons nous mettre en retard et vous allez vous tordre les talons ! C'est un devoir d'humanité, mon ami. D'ailleurs, nous en avons pour cinq minutes. » Un brouhaha : c'est le baron et la baronne Jules qui descendent en costume de bal par le petit escalier.

LA BARONNE JULES

Alors, ma pauvre Marie-Jeanne, il paraît que ça ne va pas ?

MARIE-JEANNE *grommelle.*

C'est un bruit qui court. Ça va très bien.

LE BARON JULES

Mon Dieu, comme c'est absurde cette histoire ! On ne devrait jamais jouer avec les armes à feu. Un accident est si vite arrivé. C'était une dispute, n'est-ce pas ?

MARIE-JEANNE

Oui, une chamaillerie. Même pas. Vous êtes bien bonne de vous être dérangée, Madame la Baronne Jules et aussi Monsieur le Baron. Ça va passer.

LE BARON JULES, *que cette idée arrange.*

Oui, n'est-ce pas ? Ça va passer ! Quelques jours de repos et il n'y paraîtra plus.

MARIE-JEANNE, *doucement, goguenarde.*

Sans compter que vous devez être en retard comme d'habitude. Vous êtes si beaux.

LE BARON JULES, *riant.*

Sacrée Marie-Jeanne ! Elle devine toujours tout ! Minuit moins douze, ma chère. Si nous ne voulons pas rater le Président.

LA BARONNE JULES

Oui, figurez-vous, ma bonne Marie-Jeanne, que nous allons à un bal à l'Opéra avec le Président, les gardes républicains, tout. La vraie chienlit[1] ! Ne croyez pas que cela nous amuse. On aimerait autant rester ici comme vous. Positivement. C'est toujours d'un bête ces galas ! Mais le corps diplomatique est de corvée, vous comprenez, et nous avons promis à Coco d'être là pour qu'elle n'y crève pas d'ennui. Coco, c'est l'ambassadrice d'Autriche.

MARIE-JEANNE *a un sourire*
entre deux grimaces de douleur.

Ah oui, je me disais, j'ai déjà entendu ce nom-là ! C'est celle qui aime bien ma tarte aux morilles ?

---

1. ***Chienlit*** **:** mascarade.

LA BARONNE, *ravie de ce détail.*

Oui ! C'est elle ! Mais quand nous avons appris que vous étiez blessée, nous avons voulu descendre tout de même. Tant pis pour l'Ambassadrice. Elle nous attendra.

LE BARON JULES, *qui regarde toujours sa montre.*

Enfin un peu…

LA BARONNE

Le temps qu'il faudra ! Nous vous aimons bien, vous savez, Marie-Jeanne. Positivement.

LE BARON JULES, *qui est tout de même inquiet.*

Nous allons nous faire remarquer en entrant dans la loge de l'Ambassade, ma chère.

LA BARONNE, *dégageant.*

Ne vous plaignez pas, vous adorez ça !

LE BARON JULES, *pressé d'en finir.*

Soignez-vous bien, ma vieille. Que vous puissiez nous les refaire vite, vos fameux petits plats. On tient à vous, vous savez, dans la maison !

MARIE-JEANNE *a un sourire.*

Je pense bien.

LA BARONNE

À demain ! Nous redescendrons. Soignez-vous bien. *(Elle lui envoie un baiser du bout de son gant.)* Et courage ! On pense à vous.

LE BARON, *s'en allant.*

Moi, quand j'ai reçu mon coup de sabot à Bagatelle, je me croyais mort. Pas du tout, vous voyez ! C'est un mauvais moment à passer, voilà tout.

MARIE-JEANNE

On le passera. Attention aux marches, Monsieur le Baron. L'escalier de la cuisine est glissant.

LE BARON JULES, *gaiement.*

J'ai l'habitude !

LA BARONNE JULES, *disparaissant, comme à un bébé.*

Au revoi. Au revoi. Au revoi.

Ils sont remontés froufroutants et parfumés comme ils étaient venus.

MARIE-JEANNE, *à Hugueline.*

Tu lui as dit, là-haut, de descendre ?

HUGUELINE

Oui.

MARIE-JEANNE

Alors, laissez-moi tous. Je vais l'attendre.

Ils s'écartent tous.

Adèle, qui s'était tenue un peu à l'écart des autres, vêtue d'un petit manteau pauvre, va prendre une petite valise de carton qu'elle avait laissée dans un coin. Elle fait signe à Marcel.

ADÈLE

Conduis-moi à ce petit hôtel que tu m'as dit. Et puis dans cinq ou six jours quand je serai guérie ; tu peux écrire à ton ami que je prendrai le bateau.

Elle va prendre sa valise. Marcel la lui prend gentil.

MARCEL

Laisse. Laisse… C'est la moindre des choses. Tu comprends ma petite, si tu sais t'y prendre, tu peux faire ton trou là-bas. Et t'en sortir. Il y a pas tant de moyens de s'en sortir. Tu as mal encore… Appuie-toi sur moi pour monter l'escalier, ma cocotte…

Ils sortent par la rue.
Marie-Jeanne n'a pas bougé. Les autres ont disparu.
La cuisine semble plus obscure… Cela devient un lieu fantastique avec des ombres insolites. Le portrait de la Vieille là-haut est seul, vaguement éclairé ainsi que Marie-Jeanne couchée de tout son long sur la table, recouverte d'un chiffon rouge, sa couronne près d'elle, comme une vieille reine. Elle va commencer à parler seule comme si elle délirait. Le petit entrera après et commencera à éplucher ses légumes.
Pendant son monologue, l'Auteur entre doucement et va s'asseoir sur un tabouret près d'elle, sans qu'elle le voie tout de suite.

MARIE-JEANNE, *doucement.*

Les plus belles fesses de Nice. Ils me l'ont dit en me donnant le prix. Et en un seul dimanche – plus de fleurs que la Vieille en vingt ans en échange de ses dîners !… *(Elle sourit mystérieusement.)* Tu parles d'un scandale ! La bonne de Madame la Comtesse qui s'était permis de se présenter. Elle a voulu me flanquer à la porte, mais tu t'es fâché. C'est la première fois que je t'ai vu te fâcher, toi qui ne fais que te moquer toujours. Tu étais beau en colère… Alors, elle est rentrée dans sa chambre en claquant la porte et, pendant cinq ans, vous ne vous êtes plus parlé… *(Elle a un sourire comblé.)* Pour moi. *(Elle murmure, tendre :)* Merci mon chéri de m'avoir laissée être reine tout un dimanche. *(Elle sent soudain une présence près d'elle, elle demande :)* C'est toi, Monsieur le Comte ?

L'AUTEUR, *doucement.*

Non. Il est encore retenu là-haut. La Comtesse a eu une crise de nerfs, en remontant. On attend le médecin.

MARIE-JEANNE *sourit.*

Je sais qu'il ne descendra pas. C'est comme ça qu'on a vécu, il n'y a pas de raisons pour que ça ne soit pas comme ça qu'on meure : chacun à notre étage.

L'AUTEUR *demande, maladroit, après un temps.*

Vous avez mal ?

MARIE-JEANNE, *mystérieusement.*

Il faut. Ça travaille. Il faut que la nature elle fasse ce qu'elle a à faire. Il n'y a qu'à la laisser. Elle sait s'y prendre. Elle sait tout. C'est une vieille cuisinière, elle aussi. *(Un silence, on l'entend haleter comme une bête. Elle appelle soudain :)* Monsieur le Comte ?

L'AUTEUR *répond doucement, un peu honteux.*

Oui, je suis là.

MARIE-JEANNE *sourit sans le voir.*

Ah ?... Tu as mis ton costume du soir ; ta grande queue d'habit et ta cravate blanche ? Tu es descendu avant de partir pour me dire au revoir ? *(Elle dit mystérieusement :)* Je ne suis pas jalouse. Tu es si beau. Quand on montait regarder le bal par la porte entrebâillée, c'était toujours toi le plus beau au milieu des autres messieurs.

L'AUTEUR, *gêné et honteux.*

Mais non...

MARIE-JEANNE, *furieuse.*

Puisque je te le dis ! Tu crois que je t'aurais gardé mon cœur et le reste, si tu n'avais pas été le plus beau ? Tu connais pas les filles ! Cinq ans je t'ai été fidèle. Cinq ans, j'ai pas été danser avec les autres un seul dimanche. Cinq ans. C'est un bail pour une fille qui avait le feu au derrière. *(Elle murmure soudain comme amusée :)* C'est drôle l'amour. On ne sait pas où ça se niche.

L'AUTEUR, *doucement.*

Oui. C'est drôle.

Marie-Jeanne a son œil qui change ; son expression devient soupçonneuse ; elle demande d'un autre ton :

MARIE-JEANNE

Dites donc, vous, qu'est-ce qui vous a passé par la tête à vous mettre à parler de moi ?

L'AUTEUR, *décontenancé, murmure :*

Mais ma petite Marie-Jeanne...

MARIE-JEANNE

Allez pas de boniment[1] ! D'abord lui, il ne m'appelait pas Marie-Jeanne. C'est vous qui avez inventé ça. Il m'appelait, mon petit gars, et puis au lit, un autre nom que je veux pas redire... Mais qu'est-ce qui vous a donné l'idée de parler de moi, vous ? Vous ne me connaissiez pas.

L'AUTEUR, *doucement.*

Si. Très bien.

MARIE-JEANNE, *ingénue.*

On s'était rencontrés ? *(Elle rigole.)* Dans le monde ?

L'AUTEUR

Non. Pas dans le monde.

MARIE-JEANNE, *goguenarde.*

Ah bon ! Je me disais aussi... *(Il y a un silence. Elle demande méfiante :)* Vous le connaissez, Monsieur le Comte...

1. ***Boniment*** : mensonge.

L'Auteur

Oui, un peu.

Marie-Jeanne

Il était beau. *(On a commencé à entendre le tic-tac du réveil de la cuisine. Elle est comme apaisée. Elle sent une présence. Elle demande :)* Qui c'est qui est là ?

Alexis

C'est Alexis.

Marie-Jeanne

Qu'est-ce que tu fais ?

Alexis

J'épluche. Avec toutes ces histoires je n'ai pas fini mon tas de patates.

Marie-Jeanne, *doucement.*

Finis, mon gars, finis. La soupe, ça passe avant tout. *(Un temps, elle demande :)* Qu'est-ce que tu feras, toi, quand tu seras grand ?

Alexis

J'aurai un restaurant.

Marie-Jeanne

Tu seras patron ?

Alexis

Bien sûr. Je mets déjà de côté. Je dépense rien. Et j'ai treize ans. Alors dans dix ou douze ans, à Nice…

Marie-Jeanne *s'illumine d'un sourire.*

Ah ! à Nice ?… C'est beau, Nice… *(Elle demande :)* Quoi à Nice ?

ALEXIS

Mon restaurant. Sur le vieux port.

MARIE-JEANNE *demande.*

Et tu crois que tu oublieras toutes les gifles ?

ALEXIS, *tout clair.*

Boh ! Il faut bien apprendre le métier. Après on est grand. On oublie, quand on est un homme. Je serai un homme, moi. Et un homme c'est fort, c'est libre, ça fait ce que ça veut. C'est un roi, un homme, si ça veut.

MARIE-JEANNE *demande encore, incrédule.*

Malgré les riches ?

LE PETIT, *lumineux, doucement.*

Mais je serai riche…

Il épluche tranquillement. On entend le tic-tac. Là-haut sur le grand escalier, on voit le Comte en habit et manteau du soir, qui rentre du cercle, solitaire.

MARIE-JEANNE *murmure.*

Monsieur le Comte…

L'AUTEUR.

Oui, mon petit gars je suis là…

MARIE-JEANNE

Je suis belle, Monsieur le Comte ?

L'AUTEUR *regarde cette vieille femme mourant dans ses défroques de carnaval. Il murmure soudain tendrement :*

Oui, vous êtes belle.

Il s'est approché, il lui a pris la main et l'embrasse.

MARIE-JEANNE, *extasiée*

La main… comme à une dame. *(À ce moment une sonnerie retentit. Par un réflexe elle se dresse, comme la petite servante d'autrefois dans sa mansarde, et murmure :)* On me sonne…

L'AUTEUR *va à elle doucement, et la fait recoucher.*

Reposez-vous. Je monte voir…

Il s'est éloigné un peu. Le Petit épluche toujours. On entend le tic-tac. Soudain, le tic-tac s'arrête. L'Auteur va au Petit, le fait sortir. Puis il revient vers Marie-Jeanne, a un geste qui est comme une caresse pour lui fermer les yeux. Il allume une cigarette insolite à côté de ce faux cadavre. Le Commissaire est entré soudain.

LE COMMISSAIRE

Alors ?

L'AUTEUR, *qui le regarde sans aménité*[1].

Alors quoi ?

LE COMMISSAIRE, *ravi.*

Je l'ai trouvé, qui avait tué la vieille.

L'AUTEUR, *distrait.*

Ah oui ? Et qui c'était ?

LE COMMISSAIRE

Le cocher. Trente-cinq minutes d'interrogatoire avec deux autres collègues, méthode américaine, la lampe dans le nez et il avouait. Il a déjà été embarqué au Dépôt. L'affaire est dans le sac. Au fond, vous voyez, elle était toute simple, votre histoire. C'est vous qui aviez tendance à la compliquer.

---

1. ***Aménité*** : amabilité.

L'Auteur

Vous croyez ? Eh bien, disparaissez maintenant. Vous pouvez retourner à votre néant. Elle est finie. *(Le Commissaire s'en va, vexé. L'Auteur, au public :)* Excusez les fautes de l'Auteur, Mesdames et Messieurs. Mais cette pièce-là, il n'avait jamais pu l'écrire.

Il faut espérer qu'on l'applaudit quand même, et il sort de son côté.

Le rideau tombe.

DOSSIER

- Résonances littéraires
- Du texte à la représentation

Résonances littéraires

L'allégorie de la caverne

Platon (428-348 av. J.-C.), ancien élève de Socrate (470-399 av. J.-C.), met en scène son maître dans ses dialogues dits « socratiques ». Parmi eux figure *La République*, un ensemble de dix livres dans lequel Socrate, tentant de définir la justice, en vient à élaborer la Cité modèle. Le livre VII contient l'allégorie de la caverne. Platon – à travers Socrate, qui s'adresse à Glaucon –, imagine l'humanité enchaînée au fond d'une caverne et condamnée à ne voir et à ne connaître des choses que leur ombre projetée sur le fond de la grotte. Cette représentation symbolique lui permet d'esquisser l'état de l'homme qui ne se détacherait pas de l'approche sensible des choses : la connaissance du monde lui serait interdite. En effet, par cette allégorie, Socrate entend montrer à Glaucon qu'il y a défaut par nature entre ce qui est perçu et la réalité du monde « tel qu'il est », son essence.
Aussi, dans l'œuvre de Platon la caverne est-elle une voie d'accès à cette vérité. En intitulant sa pièce « *La Grotte* », Anouilh n'ignorait sans doute pas que ce titre renverrait le lecteur à la représentation du philosophe antique. Dès lors, le choix du dramaturge peut s'interpréter comme une invitation à voir dans la grotte plus qu'un bouge infâme : un lieu de vérité.

« Eh bien, après cela, dis-je, compare notre nature, considérée sous l'angle de l'éducation et de l'absence d'éducation, à la situation suivante. Représente-toi des hommes dans une sorte d'habitation souterraine en forme de caverne. Cette habitation possède une entrée disposée en longueur, remontant de bas en haut tout le long de la caverne vers la lumière. Les hommes sont dans cette grotte depuis l'enfance, les jambes et le cou ligotés de telle sorte qu'ils restent sur place et ne peuvent regarder que ce qui se trouve devant eux, incapables de tourner la tête à cause de leurs liens. Représente-toi la lumière d'un feu qui brûle sur une hauteur loin derrière eux et, entre le feu et les hommes enchaînés, un chemin sur la hauteur, le long duquel tu peux voir l'élévation d'un petit mur, du genre de ces cloisons qu'on trouve chez les montreurs de marionnettes et qu'ils érigent pour les séparer des gens. Par-dessus ces cloisons, ils montrent leurs merveilles.

– Je vois, dit-il.

– Imagine aussi, le long de ce muret, des hommes qui portent toutes sortes d'objets fabriqués qui dépassent le muret, des statues d'hommes et d'autres animaux, façonnées en pierre, en bois et en toute espèce de matériau. Parmi ces porteurs, c'est bien normal, certains parlent, d'autres se taisent.

– Tu décris là, dit-il, une image étrange et de bien étranges prisonniers.

– Ils sont semblables à nous, dis-je. Pour commencer, crois-tu en effet que de tels hommes auraient pu voir quoi que ce soit d'autre, d'eux-mêmes et les uns des autres, si ce ne sont les ombres qui se projettent, sous l'effet du feu, sur la paroi de la grotte en face d'eux ?

– Comment auraient-ils pu, dit-il, puisqu'ils ont été forcés leur vie durant de garder la tête immobile ?

– Qu'en est-il des objets transportés ? N'est-ce pas la même chose ?

– Bien sûr que si.

– Alors, s'ils avaient la possibilité de discuter les uns avec les autres, n'es-tu pas d'avis qu'ils considéreraient comme des êtres réels les choses qu'ils voient ? [...]

« Examine dès lors, dis-je, la situation qui résulterait de la libération de leurs liens et de la guérison de leur égarement, dans l'éventualité où, dans le cours des choses, il leur arriverait ce qui suit. Chaque fois que l'un d'entre eux serait détaché et contraint de se lever subitement, de retourner la tête, de marcher et de regarder vers la lumière, à chacun de ces mouvements il souffrirait, et l'éblouissement le rendrait incapable de distinguer ces choses dont il voyait auparavant les ombres. Que crois-tu qu'il répondrait si quelqu'un lui disait que tout à l'heure il ne voyait que des lubies, alors que maintenant, dans une plus grande proximité de ce qui est réellement, et tourné davantage vers ce qui est réellement, il voit plus correctement ? Surtout si, en lui montrant chacune des choses qui passent, on le contraint de répondre à la question : qu'est-ce que c'est ? Ne crois-tu pas qu'il serait incapable de répondre et qu'il penserait que les choses qu'il voyait auparavant étaient plus vraies que celles qu'on lui montre à présent ?

– Bien plus vraies, dit-il.

– Et de plus, si on le forçait à regarder en face la lumière elle-même, n'aurait-il pas mal aux yeux et ne la fuirait-il pas en se retournant vers ces choses qu'il est en mesure de distinguer ? Et ne considérerait-il pas que ces choses-là sont réellement plus claires que celles qu'on lui montre ?

– C'est le cas, dit-il.

– Si par ailleurs, dis-je, on le tirait de là par la force, en le faisant remonter la pente raide et si on ne le lâchait pas avant de l'avoir sorti dehors à la lumière du soleil, n'en souffrirait-il pas et ne s'indignerait-il pas d'être tiré de la sorte ? Et lorsqu'il arriverait à la lumière, les yeux éblouis par l'éclat du jour, serait-il capable de voir ne fût-ce qu'une seule des choses qu'à présent on lui dirait être vraies ?

– Non, il ne le serait pas, dit-il, en tout cas pas sur le coup.

– Je crois bien qu'il aurait besoin de s'habituer, s'il doit en venir à voir les choses d'en haut. Il distinguerait d'abord plus aisément les ombres, et après cela, sur les eaux, les images des hommes et des autres êtres qui s'y reflètent, et plus tard encore ces êtres eux-mêmes. À la suite de quoi, il pourrait contempler plus facilement, de nuit, ce qui se trouve dans le ciel, et le ciel lui-même, en dirigeant son regard vers la lumière des astres et de la lune, qu'il ne contemplerait de jour le soleil et sa lumière.

– Comment faire autrement ?

– Alors, je pense que c'est seulement au terme de cela qu'il serait enfin capable de discerner le soleil, non pas dans ses manifestations sur les eaux ou dans un lieu qui lui est étranger, mais lui-même en lui-même, dans son espace propre, et de le contempler tel qu'il est.

– Nécessairement, dit-il.

– Et après cela, dès lors, il en inférerait au sujet du soleil que c'est lui qui produit les saisons et les années, et qui régit tout ce qui se trouve dans le lieu visible, et qui est cause d'une certaine manière de tout ce qu'ils voyaient là-bas.

– Il est clair, dit-il, qu'il en arriverait là ensuite. […]

– Alors, réfléchis bien à ceci, dis-je. Si, à nouveau, un tel homme descendait [dans sa première habitation] pour prendre place au même endroit, n'aurait-il pas les yeux remplis d'obscurité, ayant quitté tout d'un coup le soleil ?

– Si, certainement, dit-il.

– Alors, s'il lui fallait de nouveau concourir avec ceux qui se trouvent toujours prisonniers là-bas, en formulant des jugements pour discriminer les ombres de là-bas, dans cet instant où il se trouve alors aveuglé, avant que ses yeux ne se soient remis et le temps requis pour qu'il s'habitue étant loin d'être négligeable, ne serait-il pas l'objet de moqueries et ne dirait-on pas de lui : "comme il a gravi le chemin qui mène là-haut, il revient les yeux ruinés", et encore : "cela ne vaut même pas la peine d'essayer d'aller là-haut" ? Quant à celui qui entreprendrait de les détacher et de les conduire en haut, s'ils avaient le pouvoir de s'emparer de lui de quelque façon et de le tuer, ne le tueraient-ils pas ?

– Si, absolument, dit-il.

– Eh bien, c'est cette image, dis-je, mon cher Glaucon, qu'il faut rattacher tout entière à ce que nous disions auparavant : en assimilant l'espace qui se révèle grâce à la vue à l'habitation dans la prison, et le feu qui s'y trouve à la puissance du soleil, et en rapportant la remontée vers le haut et la contemplation des choses d'en haut à l'ascension de l'âme vers le lieu intelligible, tu ne risques pas de te tromper sur l'objet de mon espérance, puisque c'est sur ce sujet que tu désires m'entendre. Seul un dieu sait peut-être si cette espérance coïncide avec le vrai. Voilà donc comment m'apparaissent les choses qui se manifestent à moi : dans le connaissable, ce qui se trouve au terme, c'est la forme du bien, et on ne la voit qu'avec peine, mais une fois qu'on l'a vue, on doit en conclure que c'est elle qui constitue en fait pour toutes choses la cause de tout ce qui est droit et beau, elle qui dans le visible a engendré la lumière et le seigneur de la lumière, elle qui dans l'intelligible, étant elle-même souveraine, procure vérité et intellect ; et que c'est elle que doit voir celui qui désire agir de manière sensée, soit dans sa vie privée, soit dans la vie publique. »

La République, trad. Georges Leroux,
GF-Flammarion, 2002, livre VII, 514a-517c.

1. Quelle est la forme de ce texte ?
2. Résumez-le brièvement (un paragraphe).
3. De quelles façons l'espace de la « grotte » dans la pièce d'Anouilh peut-il nous renvoyer à l'allégorie de la caverne ? Vous développerez votre réponse en vous appuyant sur le texte d'Anouilh.
4. Quel personnage de la pièce souhaite transgresser cet espace ?

Le théâtre dans le théâtre

La Grotte repose sur une mise en abyme théâtrale. Les textes qui suivent recourent également à ce dispositif dramaturgique ; ils vous permettront d'en explorer les mécanismes.

Shakespeare, *Hamlet* (1602)

Dans cette pièce de Shakespeare (1564-1616), le spectre du roi du Danemark, mort récemment, apparaît à son fils Hamlet. Il lui apprend qu'il a été tué par son frère, Claudius, lequel a épousé la reine veuve et s'est emparé du trône. Hamlet, simulant la folie et délaissant sa fiancée Ophélie, prépare sa vengeance. Pour révéler le crime monstrueux, il fait jouer, en présence du roi et de la reine, une scène de théâtre représentant le régicide.

Acte III, scène 2

LE ROI

Comment appelez-vous cette pièce ?

HAMLET

« La Souricière » pardi. Pourquoi ? C'est une métaphore : cette pièce est l'image d'un meurtre commis à Vienne ; Gonzague est le nom du Duc, sa femme se nomme Baptista. Vous allez voir. C'est du travail de vaurien, mais qu'importe ? Votre Majesté, et nous qui avons l'âme libre, cela ne nous touche pas. C'est la rosse écorchée qui bronche : nous avons le garrot intact.

[Entre Lucianus.]

Lui, c'est un certain Lucianus, le neveu du roi.

OPHÉLIE

Vous êtes un chœur à vous tout seul, monseigneur.

HAMLET

Je pourrais être l'interprète entre vous et votre amant si je pouvais voir gigoter les marionnettes.

OPHÉLIE

Quel piquant, monseigneur, quel piquant !

HAMLET

Il vous en coûterait un râle à émousser ma pointe.

OPHÉLIE

Encore meilleur, mais en pire !

HAMLET

Ainsi vous trompez-vous de maris. Commence, meurtrier. La peste soit de tes satanées grimaces, commence ! Allez : « le corbeau croassant est là qui crie vengeance ».

LUCIANUS

Pensées noires, mains habiles, drogue sûre, heure propice,
Nul œil ne me verra, l'occasion est complice :
Ô mixture fétide d'herbes à minuit récoltées,
Et par la triple Hécate triplement infectées,
La magie naturelle de ton affreux pouvoir
Chasse de ce corps sain toute vie avant ce soir !

Il verse le poison dans l'oreille du Roi de comédie.

HAMLET

Il l'empoisonne dans son jardin pour usurper son royaume. Son nom est Gonzague. Cette histoire a été conservée : c'est un écrit italien de très grand style. Vous allez voir tantôt comment l'assassin obtient l'amour de l'épouse de Gonzague.

OPHÉLIE

Le roi se lève !

HAMLET

Quoi ! Effrayé par un tir à blanc ?

LA REINE

Qu'avez-vous Monseigneur ?

POLONIUS [1]

Qu'on arrête la pièce !

LE ROI

Donnez-moi de la lumière ! En marche !

POLONIUS

Lumières ! Lumières ! Des lumières !

Tous sortent, sauf Hamlet et Horatio.

Hamlet, trad. François Maguin,
GF-Flammarion, 1995, p. 239-241.

---

1. *Polonius* : conseiller de la Couronne et père d'Ophélie.

1. Quels indices permettent d'affirmer qu'il s'agit d'une scène de théâtre dans le théâtre ?

2. La comparaison entre Hamlet et le chœur vous paraît-elle pertinente ? Pourquoi Hamlet a-t-il intérêt à assurer ce rôle ?

3. L'illusion théâtrale a-t-elle fonctionné ?

Pirandello, *Six Personnages en quête d'auteur* (1921)

Dans *Six Personnages en quête d'auteur*, Pirandello (1867-1936) livre sur scène le double drame de six personnages d'une même famille : non seulement ils sont nés de l'imagination d'un auteur qui a refusé de leur donner une existence artistique, mais aussi ils portent en eux une histoire sordide. Ayant trouvé un directeur de troupe qui accepte de représenter cette histoire sur scène, ils la jouent devant lui et ses comédiens (voir présentation, p. 17). Exploitant le procédé du théâtre dans le théâtre, Pirandello livre une réflexion sur les limites de la représentation.
Cette scène est celle du dénouement : les personnages exposent le dernier volet de leur histoire. Au moment ou le Fils raconte qu'il a tenté de secourir sa demi-sœur, qui s'est noyée sous les yeux de son frère, ce dernier se suicide. La Mère est anéantie. Les comédiens (premiers grands rôles et autres « acteurs ») et le chef de troupe (« le Directeur ») qui assistent à cette fin sont très troublés.

LE FILS, *lentement, regardant toujours devant lui.*

Je suis accouru ; je me suis précipité pour la repêcher...Mais je me suis arrêté net : derrière ces arbres, j'ai vu quelque chose qui m'a glacé : ce garçon, ce garçon qui restait planté là, avec des yeux de fou, regardant sa petite sœur noyée dans le bassin.

La Belle-fille, restée penchée sur le bassin pour cacher la Fillette, répond du fond, comme en écho, par des sanglots désespérés. Un temps.

LE FILS

J'ai fait mine de m'approcher ; et alors...

Un coup de revolver retentit derrière les arbres, où l'Adolescent est resté caché.

LA MÈRE, *poussant un cri déchirant et accourant en même temps que le Fils et tous les acteurs, dans la confusion générale.*

Mon fils ! Mon fils ! *(Puis, au milieu du désordre et des cris :)* Au secours ! Au secours !

LE DIRECTEUR, *au milieu du tumulte, tentant de se frayer un passage, tandis qu'on soulève l'Adolescent par la tête et par les pieds et qu'on le transporte derrière la toile de fond.*

Il s'est blessé ? Il s'est vraiment blessé ?

Tous, sauf le Directeur et le Père, resté par terre près de l'escalier, ont disparu derrière la toile de fond qui sert de ciel ; ils y resteront un instant, chuchotant d'un ton angoissé. Puis, venant par un côté et par l'autre de la toile, les acteurs regagnent la scène.

LE GRAND PREMIER RÔLE FÉMININ, *rentrant par la droite, consternée.*

Il est mort ! Pauvre garçon ! Il est mort ! Quelle histoire !

LE GRAND PREMIER RÔLE MASCULIN, *rentrant par la gauche, en riant.*

Mais non, il n'est pas mort ! C'est de la fiction ! De la fiction ! Ne vous laissez pas avoir !

D'AUTRES ACTEURS, *venant de la droite.*

Fiction ? Non : réalité ! réalité ! il est mort !

D'AUTRES ACTEURS, *venant de la gauche.*

Non ! Fiction ! Fiction !

LE PÈRE, *se relevant et criant au milieu d'eux.*

Comment de la fiction ! C'est de la réalité, messieurs dames, la réalité !

Puis il disparaît lui aussi, désespéré, derrière la toile de fond.

Six Personnages en quête d'auteur, trad. Claude Perrus, GF-Flammarion, coll. « Étonnants Classiques », 2004, p. 129-131.

1. Par quel moyen typographique s'opère la distinction entre « personne » et « personnage » ?

2. En quoi cette distinction est-elle mise à mal ? Justifiez votre réponse en vous appuyant sur le texte.

Anouilh, *Antigone* (1944)

Avec cette pièce, Anouilh offre une réécriture d'un mythe antique. À la mort d'Œdipe, roi de Thèbes, et de sa femme Jocaste, leurs deux fils, Étéocle et Polynice, s'entretuent pour le trône. Créon, le frère de Jocaste, devenu roi, offre une sépulture a celui qui a aidé sa cité, Étéocle, mais refuse qu'il en soit de même pour Polynice. Antigone, sœur des deux défunts, va transgresser l'interdit pour que Polynice repose en paix.

Dans sa pièce, Anouilh utilise le procédé du théâtre dans le théâtre. Au lever du rideau, tous les personnages sont en scène, isolés ou par groupes, se taisant ou bavardant. Le chœur s'avance vers le public et présente chacun d'eux, en indiquant brièvement leur caractère et leur rôle. Il s'agit du programme de la pièce, le prologue.

Prologue

Voilà. Ces personnages vont vous jouer l'histoire d'Antigone. Antigone, c'est la petite maigre qui est assise là-bas, et qui ne dit rien. Elle regarde droit devant elle. Elle pense. Elle pense qu'elle va être Antigone tout à l'heure, qu'elle va surgir soudain de la maigre jeune fille noiraude et renfermée que personne ne prenait au sérieux dans la famille et se dresser seule en face du monde, seule en face de Créon, son oncle, qui est le roi. Elle pense qu'elle va mourir, qu'elle est jeune et qu'elle aussi, elle aurait bien aimé vivre. Mais il n'y a rien à faire. Elle s'appelle Antigone et il va falloir qu'elle joue son rôle jusqu'au bout… Et, depuis que ce rideau s'est levé, elle sent qu'elle s'éloigne à une vitesse vertigineuse de sa sœur Ismène, qui bavarde et rit avec un jeune homme, de nous tous, qui sommes là bien tranquilles à la regarder, de nous qui n'avons pas à mourir ce soir.

Le jeune homme avec qui parle la blonde, la belle, l'heureuse Ismène, c'est Hémon, le fils de Créon. Il est le fiancé d'Antigone. Tout le portait vers Ismène : son goût de la danse et des jeux, son goût du bonheur et de la réussite, sa sensualité aussi, car Ismène est bien plus belle qu'Antigone, et puis un soir, un soir de bal où il n'avait dansé qu'avec Ismène, un soir où Ismène avait été éblouissante dans sa nouvelle robe, il a été trouver Antigone qui rêvait dans un coin, comme en ce moment, ses bras entourant ses genoux, et il lui a demandé d'être sa femme. Personne n'a jamais compris pourquoi. Antigone a levé sans étonnement ses yeux graves sur lui et elle lui a dit «oui» avec un petit sourire triste... L'orchestre attaquait une nouvelle danse, Ismène riait aux éclats, là-bas, au milieu des autres garçons, et voilà, maintenant, lui, il allait être le mari d'Antigone. Il ne savait pas qu'il ne devrait jamais exister de mari d'Antigone sur cette terre et que ce titre princier lui donnait seulement le droit de mourir.

Cet homme robuste, aux cheveux blancs, qui médite là, près de son page, c'est Créon. C'est le roi. Il a des rides, il est fatigué. Il joue au jeu difficile de conduire les hommes. Avant, du temps d'Œdipe, quand il n'était que le premier personnage de la cour, il aimait la musique, les belles reliures, les longues flâneries chez les petits antiquaires de Thèbes. Mais Œdipe et ses fils sont morts. Il a laissé ses livres, ses objets, il a retroussé ses manches et il a pris leur place.

Quelquefois, le soir, il est fatigué, et il se demande s'il n'est pas vain de conduire les hommes. Si cela n'est pas un office sordide qu'on doit laisser à d'autres, plus frustes... Et puis, au matin, des problèmes précis se posent, qu'il faut résoudre, et il se lève, tranquille, comme un ouvrier au seuil de sa journée.

La vieille dame qui tricote, à côté de la nourrice qui a élevé les deux petites, c'est Eurydice, la femme de Créon. Elle tricotera pendant toute la tragédie jusqu'à ce que son tour vienne de se lever et de mourir. Elle est bonne, digne, aimante. Elle ne lui est d'aucun secours. Créon est seul. Seul avec son petit page qui est trop petit et qui ne peut rien non plus pour lui.

Ce garçon pâle, là-bas, qui rêve adossé au mur, c'est le Messager. C'est lui qui viendra annoncer la mort d'Hémon tout à l'heure. C'est pour cela qu'il n'a pas envie de bavarder ni de se mêler aux autres. Il sait déjà…

Enfin les trois hommes rougeauds qui jouent aux cartes, leur chapeau sur la nuque, ce sont les gardes. Ce ne sont pas de mauvais bougres, ils ont des femmes, des enfants, et des petits ennuis comme tout le monde, mais ils vous empoigneront les accusés le plus tranquillement du monde tout à l'heure. Ils sentent l'ail, le cuir et le vin rouge et ils sont dépourvus de toute imagination. Ce sont les auxiliaires toujours innocents et satisfaits d'eux-mêmes, de la justice. Pour le moment, jusqu'à ce qu'un nouveau chef de Thèbes dûment mandaté leur ordonne de l'arrêter à son tour, ce sont les auxiliaires de la justice de Créon.

Et maintenant que vous les connaissez tous, ils vont pouvoir vous jouer leur histoire. Elle commence au moment où les deux fils d'Œdipe, Étéocle et Polynice, qui devaient régner sur Thèbes un an chacun à tour de rôle, se sont battus et entretués sous les murs de la ville, Étéocle l'aîné, au terme de la première année de pouvoir ayant refusé de céder la place à son frère. Sept grands princes étrangers que Polynice avait gagnés à sa cause ont été défaits devant les sept portes de Thèbes. Maintenant la ville est sauvée, les deux frères ennemis sont morts et Créon, le roi, a ordonné qu'à Étéocle, le bon frère, il serait fait d'imposantes funérailles, mais que Polynice, le vaurien, le révolté, le voyou, serait laissé sans pleurs et sans sépulture, la proie des corbeaux et des chacals. Quiconque osera lui rendre les devoirs funèbres sera impitoyablement puni de mort.

Antigone, © La Table ronde, 1947, p. 9-13.

1. En quoi peut-on dire que le prologue est une scène d'exposition ?
2. À qui s'adresse le prologue ?
3. Qu'en est-il de l'illusion théâtrale ?

Brecht, *Le Cercle de craie caucasien* (1945)

Écrivain allemand, Bertolt Brecht (1898-1956) est reconnu tant pour sa production dramatique que pour ses théories théâtrales dans lesquelles il invite les acteurs à présenter leur personnage sans se confondre avec lui (effet de « distanciation »), à raconter l'événement plutôt qu'à le montrer, à exposer les faits plutôt qu'à les dramatiser (il crée le « théâtre épique », par opposition au théâtre traditionnel).

Dans *Le Cercle de craie caucasien*, il imagine un village bombardé par l'armée nazie où deux kolkhozes[1] rescapés se disputent une vallée. Pour les départager, les paysans sollicitent un chanteur, Arkadi, qui fait représenter une fable censée les aider dans leurs délibérations : lors d'une révolution de palais, Groucha, fille de cuisine, sauva un enfant noble abandonné par sa mère, la femme du gouverneur Abaschvili, qui préféra sauver ses vêtements plutôt que sa progéniture. Très vite la mère naturelle réclame son enfant. Mais qui doit en avoir la garde ? Un juge, Azdak, les soumet au test du cercle de craie. L'enfant est mis au centre d'un cercle et les deux femmes essaient de l'arracher. Mais la gouvernante préfère laisser son fils de cœur quand éclate la dispute, laissant parler ainsi ses véritables sentiments et agissant alors en véritable mère[2]. Dès le premier tableau, le dispositif du théâtre dans le théâtre se met en place.

1. La vallée en litige

[...]

LA PAYSANNE, *à gauche*.

Camarades, en l'honneur de la visite des délégués du Kolkhoze Galinsk et de l'expert, il a été prévu de représenter, avec le concours

---

1. ***Kolkhozes*** : dans l'ex-URSS, coopératives agricoles de production qui avaient la jouissance de la terre qu'elles occupaient et la propriété collective des moyens de production.

2. Cette histoire rappelle l'épisode biblique dans lequel le roi Salomon, confronté à deux femmes qui se disputent un enfant, leur propose de le couper en deux. Il identifie ainsi la vraie mère : celle qui refuse qu'on touche à son enfant (premier livre des Rois, 3, 16-28). Brecht affirme s'inspirer d'une légende chinoise, où l'enfant se trouve placé au centre d'un cercle.

du chanteur Arkadi Tscheidsé, une pièce de théâtre qui touche un peu à notre problème.

Applaudissements. La jeune tractoriste[1] est partie chercher le chanteur.

LA PAYSANNE, *à droite*.

Camarades, il faudra que votre pièce soit bonne, nous la payons d'une vallée.

[...]

2. L'auguste enfant

Le chanteur, assis par terre devant ses musiciens, une cape noire faite de peau de mouton enveloppant ses épaules, feuillette un livret usagé rempli de fiches :

Dans l'ancien temps, un temps sanglant,
Régnait sur cette ville, appelée « la Maudite »,
Un gouverneur nommé Abaschvili.
Il était riche comme Crésus.
Il avait une femme très belle,
Il avait un enfant en bonne santé.
Nul autre gouverneur, en Géorgie, n'avait
Autant de chevaux à son râtelier
Ni autant de mendiants devant sa porte
Autant de soldats à son service
Ni autant de solliciteurs à sa cour.
Un Georgi Abaschvili, comment vous le décrirais-je ?
Il savourait sa vie.
Par un matin de Pâques,
Le gouverneur se rendait avec sa famille
À l'église.

De la grand-porte d'un palais sort un flot de mendiants et de solliciteurs, brandissant des enfants malingres, des béquilles,

---

1. *Tractoriste* : conductrice de tracteurs.

des suppliques. Derrière eux deux hommes d'armes, puis, en costumes somptueux, la famille du gouverneur.

Le Cercle de craie caucasien, trad. Georges Proser, © L'Arche, 1983.

1. Comment se met en place dans le texte le dispositif du théâtre dans le théâtre ?
2. Comment qualifieriez-vous le personnage du chanteur ? Quelle est son statut dans l'intrigue ?

Du texte à la représentation

En 1997, Yvan Garouel, acteur et metteur en scène, monte *La Grotte* au théâtre du Lucernaire.
Dans un entretien qu'il nous accorde, Yvan Garouel revient sur son travail et nous livre ses impressions. Ses propos sont explicités dans une note de mise en scène insérée dans le programme de la représentation, où l'on trouve aussi un texte de Nicole Anouilh. Veuve du dramaturge, elle offre un véritable témoignage sur la création de la pièce en 1961 au théâtre Montparnasse-Gaston Baty, dans une mise en scène de Roland Piétri.

Entretien avec Yvan Garouel, metteur en scène

Comment qualifieriez-vous *La Grotte* de Jean Anouilh et votre conception de la mise en scène ?

Cette pièce est la plus noire de Jean Anouilh. Pour la représenter, nous avons opté pour une démarche réaliste, Anouilh adorait ça. Mais il faut impérativement expliquer le sens de cette démarche pour éviter tout contresens. Le réalisme, dans notre théâtre, est un instrument de travail et de communication. Il n'est pas question pour nous de proposer une tranche de vie. L'histoire est passée au prisme de mon regard de metteur en scène, de ce que j'ai envie de raconter. J'utilise le réalisme comme moyen de communication. Il faut que le spectateur voie vivre et parler des gens comme lui dans la vie. C'est le meilleur moyen pour nous qu'il rentre dans l'histoire, qu'il comprenne non seulement ce qui est dit et ce qui est vu mais aussi les non-dits de la pièce, ce qui est derrière les mots. Pour qu'il appréhende la psychologie des personnages dans toute sa complexité, il faut parler le même langage que lui. C'est dans ces conditions que le réalisme devient un moyen de communication. Cette démarche doit être expliquée, car pour certains le réalisme au théâtre est synonyme de «théâtre banal», d'absence de mise en scène – le degré zéro de l'interprétation – alors que chaque syllabe, chaque mot fait l'objet d'un travail minutieux.

Comment avez-vous envisagé le décor ?

L'espace était nu, un «espace pauvre», selon les termes de Peter Brook[1]. L'Auteur disait «la scène se passe dans la cuisine, dans la grotte», et les acteurs apportaient une table, quelques chaises, on faisait tomber une ampoule d'un plafond imaginaire. Très peu d'objets donc mais largement calculés. Puis, quand l'action se déroulait à l'étage chez le Comte, on créait une séparation grâce à des jeux de lumières. Ce sont les acteurs qui amenaient le décor sur le plateau. Et il ne pouvait pas y avoir d'autres décors : au début de la pièce, l'Auteur ne pense pas faire jouer sa pièce puisqu'elle n'est pas encore écrite. En définitive, l'absence de machinerie véritable me permettait de rester dans cette optique réaliste que j'avais choisie pour la pièce, cette pièce que l'auteur et ses personnages vont «essayer de [...] jouer quand même» devant les spectateurs.

Quels souvenirs gardez-vous de cette expérience théâtrale ?

Une expérience difficile tout d'abord. En effet, nous avons eu quelques difficultés pour obtenir les droits de la pièce. Nicole Anouilh, qui est la seconde épouse de l'auteur, voulait me donner les

---

1. ***Peter Brook*** : metteur en scène, acteur, réalisateur et scénariste britannique, né en 1925.

droits mais ses filles n'étaient pas d'accord. Elles soutenaient Michel Sardou, qui voulait monter la pièce au théâtre de la Porte Saint-Martin. Nicole Anouilh pensait, et à raison, que pour faire continuer à vivre Anouilh qui pour certains esprits commence à tomber en désuétude, il était important de le confier à de jeunes metteurs en scène. Nous avons fini par obtenir les droits, trois jours avant la première représentation.

Néanmoins, il s'agit artistiquement d'une grande expérience, sans doute parce que j'avais une double casquette : celle de metteur en scène et d'acteur, j'interprétais le rôle de l'Auteur. La première de la pièce restera à jamais ancrée dans mon esprit. Au début de la représentation je me trouvais dans le public. D'un coup, le plateau s'est allumé, vide, rideau fermé. L'équipe des relations publiques [1] du théâtre était présente dans la salle, je me retourne timidement dans leur direction, d'un air consterné, faisant mine de ne pas comprendre ce qui se passe. Je laisse passer dix secondes, monte sur le plateau. Je reviens vingt secondes plus tard, la mine défaite et annonce au public que la représentation n'aura pas lieu, j'étais rentré dans le texte d'Anouilh, mais le public, tout comme les relations publiques du théâtre qui n'avaient assisté à aucune répétition de la pièce, s'était laissé prendre au jeu, pensant que le spectacle était annulé. La fiction de la pièce devenait la réalité des spectateurs.

Note de mise en scène d'Yvan Garouel pour *La Grotte*

Dans cette *Grotte* – pas encore écrite (!) – Jean Anouilh nous fait clairement passer le message : les personnages de théâtre sont des êtres vivants, les comédiens qui leur ont donné chair se sont fondus en eux, au point de ne plus exister en tant que tels. Et ces personnages ont leur existence propre. La cuisinière sait qu'elle est cuisinière de théâtre, mais elle n'en demeure pas moins une cuisinière. Idem le Commissaire, le

1. ***Équipe des relations publiques*** : équipe du théâtre, chargée de la promotion de la pièce.

Séminariste, etc. Et ils savent qu'ils devront souffrir leur souffrance de théâtre sans autre but que de vivre leur expérience de théâtre.

Cette mise en abyme rejoint la forme de théâtre que nous défendons comme des militants depuis maintenant quinze ans : le théâtre de l'incarnation.

Un personnage de théâtre n'est pas seulement le vecteur d'une idée, que ce soit celle de l'auteur ou du metteur en scène. Il vit, et sa richesse intérieure ne se contente plus des frontières réductrices et didactiques [1] qui le mettraient seulement au service d'une pensée. Sa richesse est celle de la vie : infinie.

Difficile à admettre pour ceux qui veulent maîtriser seul le «message» de leur mise en scène. Difficile également d'admettre que, comme disait Jouvet [2], « tant vaut l'homme, tant vaut le comédien», c'est-à-dire que le supplément d'âme du comédien nourrira le personnage, autant que les partis pris intellectuels du metteur en scène. Le voilà spolié, ce metteur en scène, de l'entière maîtrise de son œuvre, parce que la vie est plus importante que le théâtre.

Il ne faut pas trop aimer le théâtre. Il faut aimer l'Homme dont nous parle le théâtre.

Quelle immense responsabilité que de laisser vivre son œuvre, de laisser les libertés intérieures lui donner son souffle, une fois qu'on l'a «éduquée», qu'on l'a «élevée», qu'on a canalisé très précisément ses intentions, son sens. Faut-il être adulte pour laisser l'impalpable prendre le pas sur l'étude littéraire ou universitaire !

Bien sûr, le réalisme et la psychologie sont un instrument et non un but en soi [...]. Le naturalisme [3] est hasardeux. Il n'a rien à dire. Il montre c'est tout. Il ne se préoccupe pas du sens, ou plutôt, il va dans tous les sens. Par la sincérité du jeu et la vérité humaine qu'ils supposent, le réalisme et la psychologie sont un idiome qui permet de communiquer avec le spectateur dans sa propre langue, de se faire viscéralement

---

1. ***Didactiques*** : qui ont pour objet d'instruire.
2. ***Louis Jouvet*** (1887-1951) : célèbre acteur et metteur en scène de théâtre. Il a produit des écrits sur l'acteur et son personnage.
3. ***Naturalisme*** : le naturalisme au théâtre vise à reproduire la réalité avec une objectivité parfaite et dans tous ses aspects, même les plus vulgaires.

comprendre – ce qui doit être le rêve secret de tout créateur – mais sans compromission, et sans briser le sens de son œuvre pour autant.

Ainsi la forme rejoint le fond. Et c'est un acte moral de vouloir parler de l'Homme. Le spectateur est plongé au cœur de la nature humaine. Son existence, s'il l'accepte, peut s'enrichir d'une nouvelle strate, d'un peu de cette humanité qui n'avait pas été prévue par la vie, parce que l'acte théâtral est un geste fou, scandaleux, hors norme, pas rentable, gratuitement indispensable.

Yvan Garouel, in Programme
de *La Grotte*, théâtre du Lucernaire, 1997.

1. Qu'est-ce que le « théâtre de l'incarnation » ?
2. Quel reproche général Yvan Garouel fait-il au metteur en scène ?
3. Comment considère t-il l'approche « naturaliste » ?
4. Comment envisage-t-il le rapport « salle/scène » ?

Témoignage de Nicole Anouilh sur la création de la pièce en 1961

La Grotte : le trésor révélé

Jours sombres comme un fond de grotte… Anouilh avait déserté la Comédie des Champs-Élysées, devenue théâtre de sombres brouilles. Et de sombres critiques étaient venues assombrir le front de l'auteur qu'on accusait de sombrer à nouveau dans ses vieux sombres drames à thèmes mélos et misérabilistes.

La distribution, pas très juste, décalait le vrai ton de la pièce. Atmosphère tendue rue de la Gaîté […].

Cela se passait donc au théâtre Montparnasse, cadre trop vaste où le mystère de la pièce s'évaporait dans un trop grand décor avalant l'intimisme des scènes.

Ce ne fut pas un franc succès et Anouilh en fut si affecté que durant sept ans, persuadé de n'être plus un auteur dramatique, il ne put écrire d'autres pièces. Quelques scénarios et retapages de films, plus ou moins signés, nourrirent alors de leurs vaches maigres notre très nombreuse famille.

Les années ont passé. Les vaches aussi. Yvan Garouel lit la pièce, l'aime, au point de vouloir briller, mais avec sa troupe aux cachets toujours payés en bonheur de jouer, dans des décors sans somptuosité naturaliste... Mais avec le ton juste, serré, soutenu par une forte charge d'énergie rigoureuse, afin de lui insuffler une vie nouvelle, à cette œuvre mal reçue, mal connue – et lui redonner sa vraie âme.

Anouilh aimait le Lucernaire[1], son atmosphère vivante et créatrice, il admirait en orfèvre l'architecture de son escalier de bois en spirale [...]. On déjeunait, on dînait là souvent [...]. Il s'y sentait bien. Il en aimait les petites salles, leur bon rapport plateau/public.

« *La Grotte* aurait gagné à être montée sans grands moyens », avouait-il par la suite, « comme chez Pitoëff [2] », tendrement admiré. [...]

« Un jour, je monterai *La Grotte* » m'avait dit Yvan Garouel, le metteur en scène.

Le jour est venu. Et bienvenu, je crois. Aujourd'hui en ce lieu, avec ce texte qui ressort dans cette pureté dure, chère à Anouilh, transmise grâce à la ferveur tenace d'Yvan Garouel.

Nicole Anouilh, in Programme
de *La Grotte*, théâtre du Lucernaire, 1997.

1. Expliquez le titre du texte.

2. Quelles sont les raisons qui peuvent justifier l'échec de *La Grotte* lors de sa première représentation le 4 octobre 1961 selon Nicole Anouilh ?

3. Quelle semble être la ligne directrice de la mise en scène d'Yvan Garouel ?

4. Son projet paraît-il en adéquation avec l'idée qu'Anouilh se faisait de sa pièce ?

---

1. ***Lucernaire*** : théâtre du Lucernaire.
2. ***Georges Pitoëff*** (1884-1939) : metteur en scène d'origine russe qui a beaucoup travaillé avec Anouilh. Il prônait la primauté de l'acteur.

Création maquette intérieure :
Sarbacane Design.

N° d'édition : L.01EHRN000493.C002
Dépôt légal : janvier 2016
Imprimé en Espagne par Novoprint (Barcelone)